Horst Bosetzky

Im Operationssaal

Anno 1280

Roman

Jaron Verlag

Originalausgabe
1. Auflage 2012

www.jaron-verlag.de
Umschlaggestaltung: Nefre Undin, Köln
Satz: Pinkuin Satz und Datentechnik, Berlin
Druck und Bindung: CPI – Clausen & Bosse, Leck

ISBN 978-3-89773-830-0

Wie Berlin und Brandenburg wurden, was sie sind:
Unglaubliche Geschichten aus dem Mittelalter

VORBEMERKUNG ZUR REIHE

Die fabelhaften Helden – und manchmal auch Heldinnen – unserer Mittelalter-Reihe sind klassische Abenteurer: stark, intelligent, einfallsreich, witzig und schön. Sie kommen aus allen Ständen und Schichten Europas und erfreuen uns in den unterschiedlichsten Rollen, sind sich aber von ihrem grundsätzlichen Fühlen und Denken her immer sehr ähnlich: edel, hilfreich und gut, aber auch listig, humorvoll und mit gehöriger Chuzpe ausgestattet. Sie betreten immer dann die Szene, wenn in unseren Breiten ein besonderes historisches Ereignis stattfindet. Jedem Roman liegt eine wichtige geschichtliche Begebenheit zugrunde, womit die vergnügten und kurzweiligen Erzählungen um unsere fabelhaften Figuren zu einer lehrreichen und packenden Geschichtsstunde werden. So manches historische Detail, das bis heute unerforscht ist, wird erst durch sie anschaulich. In der Regel entschärfen und lösen unsere Helden Konflikte, fördern das Gute und bekämpfen das Böse und greifen mit ihren Taten entscheidend in die geschichtsträchtigen Geschehnisse ein. Mit ihnen an der Hand lässt Horst Bosetzky die Ursprünge der Mark Brandenburg und der Stadt Berlin auf höchst vergnügliche Art und Weise wieder lebendig werden. Die Fakten stimmen, und alle Großen der Welt, mit denen sich unsere Protagonisten auseinandersetzen, haben wirklich gelebt, das übrige Personal aber ist frei erfunden. Zur besseren Orientierung gibt es im Anhang eine Besetzungsliste.

Zu diesem Band

In der Zeit um 1280 weitet sich das Interesse der weltlichen Landesherren auf die Macht in den geistlichen Fürstentümern aus. So versuchen die in Brandenburg herrschenden Askanier, das Erzbistum Magdeburg unter ihre Kontrolle zu bringen. Als es dem Markgrafen Otto IV. nicht gelingt, seinen jüngeren Bruder Erich von Brandenburg dort als Erzbischof durchzusetzen, erhebt er schwere Vorwürfe gegen die Magdeburger: Sie hätten das Wahlergebnis manipuliert. Er verkündet Magdeburg eine Fehde, um Erichs Erfolg mit militärischen Mitteln zu erzwingen.

Bei Frohse kommt es schließlich zur blutigen Schlacht. Doch Ottos Truppen unterliegen den kampfeslustigen Magdeburgern, und unzählige Ritter – darunter der Markgraf selbst – werden gefangen genommen.

In dieser Zeit kommt der Medicus Giovanni da Cacciola mit zwei Freunden aus seiner Heimatstadt Salerno nach Magdeburg. Giovanni verspürt bald Mitleid mit Otto, den die Magdeburger in einen Käfig gesperrt haben. Sein Versuch, diesen mit Hilfe von explosivem Schwarzpulver zu sprengen, misslingt jedoch gründlich.

Als Heiler aber macht der clevere Giovanni da Cacciola schon bald Furore in der Region. Erst operiert er erfolgreich einen askanischen Ritter, der mit dem Schädel auf einen Felsblock geschlagen ist, dann rettet er der Kaufmannstocher Berblin, die zu ersticken droht, das Leben – was ihm die brennende Liebe des schönen Mädchens einträgt.

Sein medizinisches Können spricht sich herum, und da scheint der Medicus genau der rechte Mann, um Otto IV. aus einer misslichen Lage zu befreien: Dem askanischen Markgrafen, der nach seiner Freilassung den Krieg gegen die Magdeburger siegesgewiss fortgesetzt hat und bei Staßfurt erneut geschlagen wurde, steckt seit dieser Schlacht ein gegnerischer Pfeil im Kopf. Ob Giovanni da Cacciola den Herrscher Brandenburgs vor dem sicheren Tod retten kann? Da der Medicus seinen eigenen Künsten nicht recht traut, erprobt er seine Methode erst einmal an einem Schwein …

eins

Giovanni da Cacciola schlenderte über den Markt von Salerno und langweilte sich. Hätte in diesem Augenblick jemand zum nächsten Kreuzzug aufgerufen, er wäre mitgezogen ins Heilige Land, nach Tunis oder Ägypten. Die Sache des Christentums kümmerte ihn wenig, er wollte nur aus der Enge seiner Heimatstadt heraus und möglichst viel erleben. Seit er sein Medizinstudium abgeschlossen hatte, war sein Wandertrieb nicht mehr zu bändigen. Merkwürdigerweise zog es ihn dabei in den Norden. Warum das so war, wusste er nicht zu sagen, es hieß aber, er stammte von den Langobarden ab, und die hatten an der unteren Elbe gesessen und waren eng verwandt mit den Sueben und Semnonen. Vielleicht drängte es ihn, seine Wurzeln zu finden. Er stellte sich gerade vor, durch die Gassen Cölns zu wandeln, da wurde er von einem Mann mittleren Alters angestoßen.

»Gott, wozu haben Menschen Augen!«, rief Giovanni da Cacciola.

Der Mann lächelte, bevor er sich entschuldigte. »Das ist es ja gerade, die Augen!«

»Wie darf ich das verstehen?« Sofort war in Giovanni die ärztliche Neugierde erwacht.

Der Mann suchte einen Augenblick nach den passenden Worten. »Ich sehe des Öfteren alles doppelt und weiß dann nicht, was Wirklichkeit ist und was mein Kopf mir vorgaukelt.«

»Oh, interessant …« Giovanni hatte diesen Ausruf nicht unterdrücken können.

»Seid Ihr Arzt?«, fragte der Mann.

»Ja.«

»Aber ohne Honorar wollt Ihr keine Diagnose stellen, ich verstehe.«

Der Medicus überlegte einen Augenblick. »Doch … Ich würde Euch sogar noch Geld dazugeben, wenn ich sehen könnte, was sich hinter Euren Augen abspielt.«

»Hinter meinen Augen?«

Giovanni nickte. »Ja, in Eurem Kopf, Eurem Gehirn.«

Der Mann schüttelte sich. »Ihr wollt meinen Schädel öffnen?«

»Richtig, aufklappen wie eine Schatulle.«

»Das ist ja abscheulich!«, rief der Mann und entfernte sich mit schnellen Schritten.

Der Medicus sah ihm bedauernd hinterher. Er vermutete, dass im Kopfe des Mannes ein Tumor wuchs, der auf den Sehnerv drückte, und er hätte Jahre seines Lebens dafür gegeben, diese Geschwulst zu sehen und zu sezieren. Sein Wissensdrang war unermesslich, und wenn man den Menschen helfen wollte, musste man genau wissen, was in ihren Körpern vorging.

Lange stand Giovanni da, in Gedanken versunken, bis ihm jemand von hinten freundschaftlich auf die Schulter schlug. »Hallo! Sei gegrüßt, mein Sohn!«

»Oh, du bist es! Na, was sag ich da, ein Giovanni kommt selten allein.«

Wen er da getroffen hatte, war kein Geringerer als der berühmte Giovanni da Procida, der 1210 in Salerno das Licht der Welt erblickt und später die Schola Medica Salernitana besucht hatte. Bald aber war ihm die Profession des Arztes zu langweilig geworden, und er hatte sich als Gesandter im Dienste der Staufer versucht. Kaiser Friedrich II. hatte ihm die Erziehung seines nichtehelichen

Sohnes Manfred übertragen, und mit dem war er 1266 in die Schlacht bei Benevent gezogen, in der Manfred von Sizilien sein Königreich an Karl von Anjou verloren hatte.

»Und warum haben wir damals in der Schlacht bei Benevent den Kürzeren gezogen?«

Da Giovanni da Procida diese Frage ein jedes Mal stellte, hatte der Medicus keine Mühe, sie zu beantworten: »Weil die Franzosen entdeckt hatten, dass die Rüstung der Deutschen zwar undurchdringlich war, aber die Achselhöhlen nicht schützen konnte, wenn der Arm zum Schlag gehoben wurde.«

»Richtig! Und weißt du was?«

Giovanni da Cacciola schüttelte den Kopf. »Nein, woher?«

»Ich stehe jetzt im Dienste von Peter III. von Aragón.«

»Ah!«, rief der Medicus. »Und da der die Tochter deines geliebten Manfred geheiratet hat, plant ihr jetzt einen Feldzug gegen Karl von Anjou und wollt dem Sizilien wieder abnehmen?«

»So ist es, und ich soll alle Höfe im Norden Europas besuchen, um für die Sache der Staufer zu werben. Willst du mich in den Norden begleiten?«

»Aber gerne!« Giovanni grinste. »Falls du mal einen Arzt benötigen solltest ...«

»Gut!« Giovanni da Procida umarmte ihn. »In einer Woche brechen wir auf.«

Salerno, südlich von Neapel gelegen, hatte schon eine bewegte Geschichte hinter sich. Ursprünglich eine Siedlung der Etrusker, war es 194 v. Chr. römische Kolonie geworden, im 9. Jahrhundert n. Chr. von den Langobarden erobert worden und 1077 unter die Herrschaft des normannischen Herzogs Robert Guiscard geraten. Die Normannen hatten Salerno eine wirtschaftliche Blüte beschert, die Schola Medica Salernitana hatte die Stadt zum Nabel der medizinischen Welt gemacht.

Fragte man Giovanni da Cacciola, was ihn an seiner Heimatstadt Salerno am meisten gefiele, dann gab er mit Sicherheit zur Antwort: »Das Tyrrhenische Meer!«

Sein Bruder Lucius hatte schon gelästert, der Medicus liebe dieses Meer so sehr, dass er eines Tages mit Freuden darin ertrinken werde.

Das kümmerte Giovanni nicht weiter, denn er war ein vorzüglicher Schwimmer, und so machte er sich auch an diesem Morgen auf zum Strand.

In seiner Begleitung befand sich sein Freund Barnabas von Brokstedt, der aus Barby kam, einem Städtchen an der mittleren Elbe. Sie unterhielten sich auf Deutsch, das Giovanni ebenso geläufig war wie das Italienische.

»Ich mag das tyrannische Meer nicht so recht«, erklärte Barnabas von Brokstedt. »Der Name flößt mir Angst und Schrecken ein.«

Der Medicus lachte. »Er leitet sich von der griechischen Bezeichnung für die Etrusker ab, die im Altgriechischen *Tyrrhenoi* hießen.«

»Dennoch ist mir die Elbe lieber. Schließlich hat Heraklit gesagt: ›Man kann nicht zweimal in denselben Fluss steigen‹ – und nicht: ›Man kann nicht zweimal in dasselbe Meer steigen.‹« Er stutzte. »Warum eigentlich nicht?«

»Weil es heißt ›Alles fließt‹, *panta rhei*, und nicht ›Alles meert‹.«

»Aber bei uns an der Schola mären sich doch pausenlos alle aus.«

»Wie?« Giovanni hatte das Wort noch nie gehört.

»Ausmären bedeutet schwafeln«, erklärte ihm Barnabas von Brokstedt.

Giovanni da Cacciola hatte an der Schola

Medica Salernitana Medizin studiert, und dies mit einigem Erfolg. Barnabas von Brokstedt hingegen studierte Philosophie, Theologie und Recht – alles mit heißem Bemühen, aber ohne zu einem Ende zu kommen.

»Warum sollte ich mich auch beeilen?«, erklärte er immer wieder. »In der Bergpredigt heißt es doch: *Selig sind, die da geistlich arm sind; denn das Himmelreich ist ihr.*«

Giovanni verdrehte die Augen. »Geistig ist doch etwas anderes als geistlich!«

Barnabas von Brokstedt nickte. »So ist es. In der Alltagssprache heißt geistlich so viel wie fromm oder religiös. Geistig dagegen bezieht sich auf den Geist im Sinne von Intellekt. Aber danach ist doch Unsinn, was in der Bibel steht, denn warum sollten gerade die in den Himmel kommen, die keinen richtigen Bezug zur Kirche haben?«

»Vielleicht brauchen wir eine neue Übersetzung der Bibel. Wenn du gerade mal einen Nachmittag nichts anderes zu tun hast, lieber Barny …« Weil ihm der Name Barnabas zu umständlich war, nannte Giovanni den Freund meist Barny.

»Barny klingt fast so wie Barby«, sagte Barnabas von Brokstedt. »Und in Barby an der Elbe bin ich auf die Welt gekommen und aufgewachsen, bis meine Eltern nach Magdeburg gegangen sind, was ein paar Stunden flussab gelegen ist.«

Der Medicus lachte. »Bald wird es ein Wiedersehen mit deiner alten Heimat geben … falls du dich wirklich dazu durchringen kannst, gemeinsam mit Giovanni da Procida und mir gen Norden zu ziehen.«

»Klar, mit dir an die Elbe, du Elbgermane!«

Sie erreichten den Strand, der zu dieser frühen Stunde noch menschenleer war, zogen sich die Schuhe aus und liefen ein Stückchen in Richtung des Hafens. Giovannis Blicke schweiften in die Ferne, nach Sizilien und nach Afrika hinüber, während Barnabas von Brokstedt nach unten schaute, um nach Muscheln und seltenen Steinen zu suchen. Plötzlich schrie er auf. »Da liegt ja einer!«

Der Medicus fuhr zusammen. Dann schrie er noch lauter als sein Freund, denn vor ihnen lag ein Mensch mit gespaltenem Schädel – es war der Mann, dem er vor einigen Tagen auf dem Marktplatz begegnet war und bei dem er einen Tumor hinter den Augen vermutet hatte. Jemand hatte ihn mit einem Schwert oder einer Axt erschlagen.

Es war ein so entsetzlicher Anblick, wie das Gehirn herausquoll, dass sich Barnabas von Brokstedt auf der Stelle erbrach.

Giovanni da Cacciola aber beugte sich zu dem Toten hinunter, um das Innere seines geöffneten Schädels näher zu untersuchen. In Ermangelung chirurgischer Instrumente musste er sich eines Stöckchens bedienen, um die Region hinter den Augen freizulegen. »Tatsächlich, es ist ein Tumor!«, rief Giovanni. »Ich hatte also recht.«

Auf dem Alten Markt in Magdeburg hatten sich am 7. Januar des Jahres 1278 bei ziemlicher Kälte Hunderte von Bürgern versammelt, um zu hören, was ihnen Erzbischof Günther von Schwalenberg zu verkünden hatte. Gekommen war auch Bartholomäus von Brokstedt, Vater von Barnabas von Brokstedt und Ratsherr seines Zeichens, mit seiner Frau Ännlin.

»Wenn ich nur wüsste, warum alle so aufgeregt sind!«, staunte die.

Bartholomäus von Brokstedt holte tief Luft. »Weil uns Otto IV., der Markgraf von Brandenburg, die Fehde verkündet hat.«

»Warum denn das?«

»Weil er seinen Bruder Erich unbedingt zum Nachfolger unseres verstorbenen Erzbischofs machen wollte. Die Brandenburger haben aber die Wahl verloren, und Burchard von Querfurt wurde zum neuen Erzbischof gewählt.«

Ännlin verstand nun gar nichts mehr. »Unser Erzbischof ist doch der … Günther von Schwalbenberg?«

»Schwalenberg, ja. Aber nur, weil sich Magdeburg und Otto IV. auf ihn geeinigt haben und Burchard geopfert wurde.«

»Na, dann ist doch alles gut«, fand Ännlin.

»Ja, denkste!«

Ein Nachbar, ein Küfer, postierte sich neben ihnen und lenkte das Gespräch auf Persönliches. »Wie geht es denn unserem Schutzheiligen, dem Barnabas?«

Bartholomäus von Brokstedt konterte mit einer alten Bauernregel: »Er wird bald wieder nach Hause kommen, denn wie es so schön heißt: Mit seiner Sens' der Barnabas / kommt her und schneidet ab das Gras.«

Der Nachbar lachte. »Wenn er mit einer Sense kommt, kann er ja gleich mitmachen, wenn wir in den Krieg gegen die Brandenburger ziehen.«

»Wenn doch nur endlich Frieden wäre!«, rief Ännlin.

Warum dem nicht so war, obwohl Magdeburg alles versucht hatte, die Fehde zu vermeiden, erklärte wenig später der Erzbischof: »Otto IV. will nicht davon ablassen, seinen unseligen Bruder Erich in Magdeburg auf den Bischofsstuhl zu setzen, und missachtet alle Absprachen. Mit Waffengewalt will er die Einsetzung Erichs erzwingen, was mehr als unchristlich ist.«

Pfuirufe wurden laut, und man wünschte den Askanier zur Hölle.

»Otto IV. ist des Teufels!«, rief der Erzbischof. »Er beschlagnahmt unsere Handelswaren wider jedes Recht und lässt seine Soldaten unsere Dörfer und Städte verwüsten. Und überall verkündet er, dass er eines Tages seine Pferde in unseren Dom stellen wird. Ihr Bürger von Magdeburg, das dürft ihr euch nicht gefallen lassen! Ich bitte euch, mich in der Verteidigung unseres Landes zu unterstützen, und werde euch als Dank dafür – das schwöre ich bei Gott – neue Rechte und Freiheiten gewähren!«

Das wurde mit großem Jubel aufgenommen, und die Bürger ließen die Sturmglocken läuten. In den nächsten Tagen rüsteten sie sich für die bevorstehende Schlacht mit den Brandenburgern. Die einfachen Leute beschafften sich Keulen und Spieße, die wohlhabenden Bürger Harnische und Streitrösser.

Ännlin nahm ihren Mann beiseite, um ein ernstes Wörtchen mit ihm zu reden. »Du machst doch hoffentlich diesen Unsinn nicht mit?«

»Ich bin Ratsherr, und es ist meine Pflicht, für Magdeburgs Rechte zu streiten. Außerdem gebietet es mir mein Stolz.«

Sie versuchte es mit leichter Ironie. »Du hast dir doch neulich schon mit dem Brotmesser den halben Finger abgeschnitten – wie willst du da mit einem Schwert zu Rande kommen?«

»Das lass nur meine Sache sein!«

Die askanischen Markgrafen Brandenburgs hatten mit der Erbfolge ihre liebe Not, als Johann I. und Otto III. der Fromme 1266 beziehungsweise 1267 starben und zusammen ein Dutzend Söhne hinterließen. Die größte Durchsetzungskraft von allen besaß Otto IV., der von stattlicher Figur war und als kühn und kämpferisch beschrieben wurde. Er war der eigentliche Lenker der brandenburgischen Politik.

Vor dem Waffengang mit den Magdeburgern hatte Otto IV. alle seine Mitregenten der Johanneischen und der Ottonischen Linie noch einmal zu einer Lagebesprechung nach Stendal ins Franziskanerkloster gebeten. Das waren Johann II., Konrad I., Otto V. der Lange, Albrecht III. und Heinrich I. ohne Land, dazu noch Otto VI. der Kleine, der zwar noch nicht Mitregent war, aber auch schon mitreden wollte. Zuerst ging es um Erich, und da der ein Sohn Johanns I. war, begannen natürlich die Söhne Ottos III. zu lästern.

»Erich …« Otto der Lange stöhnte auf. »Meines Wissens kommt der Name Erich von *Er* und *Rich*, meint also ›reich an Ehre‹, aber das trifft auf unseren Erich wohl nicht zu.«

»Du bist in Prag weit weg von allem und kannst nicht richtig ermessen, was es hier seinetwegen an Intrigen gegeben hat.«

»Bestimmt nicht so viele wie gegen mich!«, rief Otto der Lange. Der böhmische König, der gerade auf dem Schlachtfeld verstorben war, hatte ihn zum Vormund seines minderjährigen Sohnes Wenzel eingesetzt – sehr zum Leidwesen der Königswitwe. »Diese fürchterliche Kunigunde von Halitsch hetzt gewaltig gegen mich.«

»Zurück zu Erich!«, rief Albrecht III., der die an Brandenburg gefallene Herrschaft Stargard verwaltete und damit von vornherein etwas abseits stand.

»Warum bleibt er nicht, was er ist, nämlich Propst des Stifts Sankt Bonifacius in Halberstadt?«, fragte Konrad I.

Da schlug Otto IV. mit der Faust auf den Tisch. »Mein Gott, weil ich Magdeburg brauche, damit zwischen unseren Besitzungen in der Altmark und dem Gebiet zwischen der Brandenburg und der Oder kein fremdes Territorium liegt! Ein Staat, der aus zwei Teilen besteht, zwischen denen Feindesland ist, wird auf Dauer nicht bestehen können. Und da wir Magdeburg mit unseren Truppen nicht erobern können, weil die anderen Fürsten, der Kaiser und der Papst – die ganze Welt also – das nicht zulassen würden, bleibt mir nur, Erich zum Erzbischof zu machen. Versteht denn das keiner?«

»Und fromm, wie er ist, und mit seiner Erfahrung in kirchlichen Ämtern wäre er ein guter Erzbischof«, fügte Otto der Kleine hinzu.

»Du als potentieller Mönch musst das ja wissen«, höhnte Konrad I.

»Schön und gut«, sagte Johann II. »Aber wenn ich die Lage richtig einschätze, sind wir zu schwach, um die Magdeburger in offener Schlacht zu besiegen, denn zum Heer des Erzbischofs werden in Kürze die Männer der Thüringer Herren und des Grafen Otto von Anhalt stoßen, der bekanntermaßen ein Vasall des Erzstifts ist.«

»Furchtbar, wenn man lauter Bedenkenträger zur Seite hat!«, rief Otto IV. »Aber wenn ihr den Mumm nicht habt: Ich schaff es auch alleine!«

Damit stürmte er aus dem Kloster, um sich mit seinen engsten Vertrauten zu beraten, das waren vor allem die Ritter Thomo von Gore und Lux von Güssen und der Rat Johann von Buch.

»Dass wir keine Verbündeten haben, ist nicht wahr«, erklärte Johann von Buch und zählte alle auf: »Graf Ulrich von Regenstein, Herr Werner von Hadmersleben, die von Mansfeld und der Graf von Arnstein.«

Otto IV. nickte. »Gut, dann auf nach Magdeburg! Der Boden ist überall gefroren, wir werden gut vorankommen und nirgendwo im Schlamm versinken.«

Am 10. Januar 1278 trafen dann die Brandenburger und die Magdeburger auf einem Feld am Fluss Sülze aufeinander, und es entwickelte sich die Schlacht von Frohse. Über sie wird in der *Magdeburger Schöppenchronik* wie folgt berichtet:

Das Kriegsvolk war nun wohlgeschaart und zum Streite geschickt, ein jeder, wie er es konnte und so zogen sie fröhlich unter der Fahne des heiligen Mauritius gegen den Feind. Der Markgraf kam ihnen entgegen mit drei großen Heerhaufen. Es war am Tage S. Pauli, des ersten Einsiedlers, an einem Montage, und es entstand ein so heftiger Kampf, wie Niemand gedacht, noch jemals erzählen gehört hatte von einem ähnlichen gewaltigen Streite. Markgraf Otto wurde gefangen genommen und mit ihm 300 Ritter und Knechte, die man »Wapenture« nennt, und viele wurden erschlagen.

Um Otto IV., den so stolzen und selbstbewussten Mann, weiter zu demütigen, sperrten ihn die Magdeburger in einen Käfig.

Furchtbar durchgefroren und halb verhungert erreichten Giovanni da Cacciola, Barnabas von Brokstedt und Giovanni da Procida die am Kirchplatz gelegene Herberge in Barby. Ein Knecht versorgte ihre Pferde, und eine Magd brachte ihnen eine heiße Mehlsuppe in die Gaststube.

»Ich wünsche einen guten Appetit, die Herren!«

Giovanni lachte. »Danke, meine Süße!«

Sie wurde feuerrot, denn eine solche Galanterie war man in Barby nicht gewohnt.

Nachdem man ihnen noch einen annehmbaren Schweinebraten aufgetischt hatte, kehrten ihre Lebensgeister langsam zurück, und wenn der Weißwein in der Kanne auch sauer war wie Essig, so waren sie doch bald wieder bei bester Laune.

Nach dem Mahl zogen sie los, sich das Haus anzusehen, in dem Barnabas das Licht der Welt erblickt hatte. Er zeigte auf ein kleines Fenster im ersten Stockwerk. »In dieser Kammer hat das Wochenbett meiner Mutter gestanden.« Mit einem Mal wurde er wehmütig. »Ob mich einer vermissen würde, wenn ich nicht …«

»Ich!«, rief der Medicus.

»Danke, o Freund!«

Giovanni da Procida war nachdenklich geworden. »Ich vermisse alle meine Söhne und

Töchter, die ich nicht gezeugt habe, und manchmal stelle ich mir vor, wie sie wohl geworden wären …«

Giovanni da Cacciola winkte ab. »Vielleicht hätten sie dich umgebracht – wie Ödipus.«

Giovanni da Procida lachte. »Darum sollte jeder Vater seinem Sohn misstrauen, der geschwollene Füße hat.«

»Wie meinst du das?«

»Weil Ödipus auf Deutsch Schwellfuß bedeutet.« Nun sprach der Arzt in ihm: »Bei geschwollenen Füßen empfehle ich Kniegüsse oder Wassertreten. Auch lauwarme Fußbäder, die mit speziellen Badesalzen angereichert sind, stellen eine hilfreiche Methode dar.«

Giovanni grinste. »Manchmal können Schwellkörper auch außerordentlich nützlich sein …«

»Dir geht wohl die Magd in der Herberge nicht mehr aus dem Kopf!«

»Ja, aber nur wegen ihres Muttermals an der Wange. Es hat eine so schön zerklüftete Oberfläche und ist fast schwarz gefärbt. Im Allgemeinen entwickeln solche Muttermale übermäßigen Haarwuchs, nicht jedoch bei ihr – warum wohl?«

»Sie wird die Haare mit einer Schere abgeschnitten haben«, sagte Barnabas von Brokstedt. »Oder sie wachsen ihr auf den Zähnen.«

Es wurde noch ein sehr gemütlicher Abend, und am nächsten Morgen brachen sie nach dem Frühstück in fröhlicher Stimmung nach Magdeburg auf. Für eine Bootsfahrt auf der Elbe war es noch zu kalt, und so setzten sie sich auf ihre gemieteten Pferde und ritten in Richtung Schönebeck davon. Als sie die Türme Magdeburgs vor sich sahen, sprachen sie über ihre Pläne. Giovanni da Procida wollte so schnell wie möglich mit dem Erzbischof reden und Barnabas von Brokstedt seine Eltern besuchen, nur Giovanni da Cacciola hatte noch nichts Konkretes im Sinn.

»Was könnte ich in Magdeburg nur anstellen?«

Barnabas von Brokstedt lachte. »Du streifst einfach durch die Straßen und wartest, bis irgendwo einer tot umfällt. Wenn du den dann wiederbelebst, wirst du Leibarzt des Erzbischofs und darfst für immer in Magdeburg bleiben.«

»Dann lasse ich ihn lieber tot sein«, entgegnete der Medicus.

Giovanni da Procida machte einen Vorschlag: »Wenn du nichts Besseres vorhast, dann kannst du mit uns mitkommen.«

»Klar, mit euch kann man immer die tollsten Abenteuer erleben«, lästerte Giovanni. »Ich komme mir schon vor wie Odysseus.«

Als sie am Stadttor angekommen waren, wurden sie von den Wachhabenden eingehend nach ihrer Herkunft und nach dem Zweck ihrer Reise befragt. Als sich Giovanni da Cacciola nach dem Grund für so viel Neugier erkundigte, erfuhren sie von der Fehde mit den Brandenburgern und der Schlacht von Frohse.

»Einen der beiden Spitzbuben, Otto IV., haben wir gefangen genommen und in einen Käfig gesteckt, der andere jedoch, sein Bruder Johann II., läuft noch frei herum und wird ihn sicher herausholen wollen. Deshalb schauen wir uns jeden, der die Stadt betreten will, ganz genau an.«

»Io sono quel Giovanni«, entgegnete der Medicus keck. *»Per favore, arrestate me!«*

Diese beiden italienischen Sätze – die eigentlich »Ich bin dieser Johannes. Bitte, nehmt mich fest!« bedeuteten – reichten aus, sie passieren zu lassen. Barnabas von Brokstedts Eltern wohnten am anderen Ende der Stadt, und sie hatten noch ein Stückchen zu reiten.

»Irgendwie ist mir bange um meinen Vater«, sagte Barnabas von Brokstedt. »Er ist sicherlich mit in den Krieg gezogen, denn er brennt darauf, Heldentaten zu begehen. In Wahrheit aber ist er für das Militärische herzlich ungeeignet. Jedes Pferd bricht unter seiner Last zusammen, und sein Arm ist zu schwach, ein Schwert zu führen.«

So klopfte er, als sie ihr Ziel erreicht hatten, schweren Herzens gegen die Tür, und brach dann in Jubel aus, als er seinen Vater höchst lebendig in der Diele stehen sah. »Du warst also bei der Schlacht von Frohse nicht dabei?«

»Nein, leider nicht. Ein schweres Leiden hat mich aufs Krankenbett geworfen.«

»Um sein Leben zu schonen«, flüsterte Ännlin ihrem Sohn ins Ohr, »habe ich ihm etwas ins Essen getan.«

»Aber sie haben ja auch ohne mich gesiegt«, fuhr Bartholomäus von Brokstedt fort und erging sich nun in längeren Ausführungen über die Fehde mit den Brandenburgern. Das dauerte eine Weile, und inzwischen kam der Pferdeknecht herbei, um zu fragen, ob er die Tiere versorgen solle.

»Ja, selbstverständlich, Hanncz. Bring sie auf den Hof!«

Der Hausherr fuhr fort, über die politischen Verhältnisse in den Ländern zwischen Elbe und Oder zu berichten, was Giovanni da Procida in höchstem Maße interessierte. Giovanni da Cacciola hingegen ging lieber ein wenig auf dem Hof spazieren. Als er zurückkam, hörte er aus dem Pferdestall ein heftiges Stöhnen. Als Arzt wusste er, dass sofort zu handeln war. Doch was er vorfand, als er die Tür aufgerissen hatte, war kein Sterbender, sondern Hanncz mit geöffnetem Hosenlatz.

»Entschuldige!«, rief der Medicus. »Aber ich dachte … Du hast so laut gestöhnt.«

Ungerührt knöpfte sich Hanncz die Hose zu. »Was soll ich anderes machen?«, erklärte er Giovanni. »Heiraten kann ich nicht, denn wer nimmt schon einen Pferdeknecht? In ein Freudenhaus gehen ist nicht möglich, denn dazu fehlt mir das Geld. Über eine Frau herfallen mache ich nicht, denn so einer bin ich nicht. Und in den Kerker will ich auch nicht kommen. Dann halt wie eben, der Priester muss es ja nicht wissen.«

»Ich verrate es ihm bestimmt nicht!«, beeilte

sich Giovanni zu versichern. Er selbst hatte oft genug gegen die kirchlichen Vorschriften Front gemacht und als Arzt darauf hingewiesen, dass ohne ausreichende Betätigung die Körpersäfte eines Mannes verderben würden und womöglich zum Tode führen könnten.

Der Medicus kehrte zu den anderen zurück, man setzte sich an die Tafel und redete bei Speis und Trank über dies und jenes.

»Wie komme ich an den Erzbischof heran, um mit ihm über mein Anliegen zu reden?«, wollte Giovanni da Procida wissen.

»Durch mich!«, rief Bartholomäus von Brokstedt und strahlte über das ganze Gesicht. »Ich als Dom- und Ratsherr darf mit Freuden als Euer Türöffner fungieren.«

»Wunderbar!«

Gleich nach dem Essen zogen die beiden los. Giovanni da Cacciola hatte keine Lust, den Erzbischof kennenzulernen, und zog es vor, allein durch die Stadt zu schlendern. Vom Markt her drang großes Geschrei zu ihm, und so strebte er, ohne zu zögern, in dessen Richtung. Was er vorfand, ließ ihn staunen. Leute, die er befragte, erzählten ihm, dass die Magdeburger Kaufleute für ihre Handelspartner aus anderen Städten ein Turnier veranstaltet hatten. »Und nun bekommt der Sieger seinen Preis überreicht.«

Dieser Preis war Brid, eine junge Dirne, ein wirklich schönes Mädchen. Und gewonnen hatte sie ein alter und ziemlich hässlicher Mann aus Goslar. Giovanni dauerte das junge Ding, das im Fenster eines angrenzenden Hauses stand und zu bewundern war. Doch was konnte er tun, sie zu retten? Während er noch überlegte, fiel sein Blick auf Hanncz, den Pferdeknecht.

Giovanni drängelte sich so weit nach vorn, dass er dicht neben dem Mann aus Goslar zu stehen kam und ihm, unhörbar für andere, etwas ins Ohr flüstern konnte: »Ich bin Arzt, und gestattet mir den Hinweis, dass das Euer Tod sein könnte, wenn Ihr dieses Mädchen besteigt. Es saugt Euch die Lebenssäfte aus dem Körper, glaubt mir! Ich habe viele Männer sterben sehen, nachdem sie … Lasst die Hände davon, habt Mitleid mit dem Geschöpf und tut etwas Gottgefälliges: Verheiratet es mit einem ehrbaren Burschen, und gebt ihr so viel Mitgift mit auf den Weg, dass beide ein anständiges Leben führen können!«

Der Mann aus Goslar war nicht abgeneigt,

Giovanni da Cacciola Gehör zu schenken, aber schließlich war es ihm in Fleisch und Blut übergegangen, um jeden Preis zu feilschen und auf keine noch so kleine Münze zu verzichten. »Gut, mein Herr, aber ich will nicht mit Schulden aus Magdeburg nach Hause reisen.«

»Ich verstehe …« Der Medicus fasste in seine Taschen und förderte eine Anzahl Silbermünzen zu Tage, die er in die Hände des anderen gleiten ließ. »Das müsste genügen.«

»Ja, danke.«

Giovanni sprang auf einen Hocker, damit man ihn besser hörte und sah. »Ihr Bürger Magdeburgs, bejubelt diesen Kaufmann aus Goslar wegen seines christlichen Tuns! Er hat soeben beschlossen, mit dem Preis, den er beim Turnier gewonnen hat, einen anderen glücklich zu machen. Er will die vortreffliche Brid, die ihr dort oben am Fenster seht, mit einem Burschen aus Magdeburg verheiraten und sie dazu mit einer reichen Mitgift ausstatten. Der Bräutigam ist auch schon gefunden, und ich hoffe, er wird auch zustimmen – es ist Hanncz, der in Diensten das Dom- und Ratsherrn Bartholomäus von Brokstedt steht. Hanncz, bist du willens, Brid zur Frau zu nehmen?«

»Ja, von Herzen gern!«, rief der Knecht, und ganz Magdeburg brach in lauten Jubel aus.

Giovanni da Cacciola war zufrieden, und er verließ den Marktplatz, um ein wenig durch die Stadt zu wandern. Schließlich gab er als seinen Beruf meist nicht Arzt an, sondern Abenteurer, und etwas Besonderes erleben konnte man nur, wenn man umherstreifte. Nach ein paar Schritten kam er an dem teils eisernen, teils hölzernen Käfig vorbei, in den man den Brandenburger Markgrafen gesperrt hatte. Im Augenblick standen nur wenige Bürger vor dem Käfig, um Otto IV. zu begaffen, die meisten hatten sich um den Goslarer Kaufmann versammelt und mit offenen Mündern verfolgt, wie der arme Pferdeknecht zu einer Frau gekommen war.

In dicken Decken eingewickelt, hockte der brandenburgische Markgraf auf einem Hauklotz und starrte in den bleigrauen Magdeburger Himmel. Neben ihm stand der Fressnapf eines Hundes, gefüllt mit unappetitlich aussehendem Hirsebrei. Wollte er nicht verhungern, blieb Otto IV. nichts weiter übrig, als davon zu essen. Auch einen Krug mit Elbwasser hatte man ihm serviert. Der Mann tat Giovanni leid, obwohl er streng genommen noch Glück gehabt hatte, denn so mancher Fürst war nach verlorener Schlacht zerstückelt worden. Da sie es mit dem Urenkel Albrechts des Bären zu tun hatten, waren sie wohl auf die Idee gekommen, ihn in einen Käfig zu sperren. Gut, dass die Magdeburger keine Ahnung davon hatten, wie es in Indien zuging. Da führte man an Seilen, die durch die Nasen der Tiere gezogen waren, Tanzbären durch die Städte.

»Darf man mit dem Markgrafen sprechen?«, fragte der Medicus einen der Posten.

»Nein!«

Giovanni drängte es, den Markgrafen zu befreien, und er verfluchte seinen Schöpfer, dass er ihn nicht mit ganz besonderen Gaben oder Waffen ausgestattet hatte. Er hätte sich gern unsichtbar gemacht oder ein Schwert besessen, aus dem ein tödlicher Feuerstrahl schoss. Feuer … Das brachte ihn auf den Gedanken, dass Roger Bacon 1268 im *Opus tertium* beschrieben hatte, wie man ganz einfach Schwarzpulver herstellen konnte: *Sed tamen 7 Partes Salpetrae, 5 Partes Coruli et 5 Partes Sulfuris*. Nimm 7 Teile Salpeter, 5 Teile Haselholz-Kohle und 5 Teile Schwefel.

Wenn man es geschickt anstellte, konnte

man mit diesem Schwarzpulver, das eine erhebliche Sprengwirkung haben sollte, die beiden Posten zu Boden schleudern und die Vorderseite des Käfigs zerstören, so dass der Markgraf Gelegenheit bekam, den Magdeburgern zu entkommen.

Gnädig hatte Günther von Schwalenberg dem brandenburgischen Rat Johann von Buch und den Rittern Thomo von Gore und Lux von Güssen freies Geleit garantiert und sie in seinem erzbischöflichen Palais empfangen.

»Der Kaiser wird wenig amüsiert sein, wenn er erfährt, dass einer seiner Fürsten im Käfig steckt und wie ein Tier gehalten wird«, begann Johann von Buch, vom Zorn gesteuert und wenig diplomatisch.

Der Erzbischof winkte ab. »Was können wir uns von Rudolf I. von Habsburg schon erhoffen?« Er meinte damit, dass dessen Tochter Hedwig vor einem Jahr Otto IV. den Kleinen von Brandenburg geheiratet hatte. »Euer Markgraf hat den Frieden gebrochen und mein Magdeburger Land verwüstet, und wenn er jetzt in seinem Käfig sitzt und die Leute ihn anspucken, dann ist das noch eine viel zu milde Strafe für ihn.«

»Und das sagt ein Mann der Kirche!«

»Ich brauche keinen Beichtvater!«, herrschte ihn der Magdeburger an.

»Wenn Ihr Otto nicht freilasst, wird sein Bruder Johann mit seinem Heer von Brandenburg her in euer Land einfallen und Rache nehmen«, drohte Johann von Buch. »Ihr habt bei Frohse zu viele Leute verloren, als dass Ihr eine zweite Schlacht wollen könntet.«

»Wenn Johann mich reizt, dann kann ich Otto und seine dreihundert Ritter, die wir mit ihm gefangen haben, köpfen lassen!«, konterte der Erzbischof.

»Was wollt ihr eigentlich?«, fragte Johann von Buch.

Günther von Schwalenberg erhob sich und ging zu seiner farbenfrohen Landkarte. Da lag die Mark Brandenburg, rot eingefärbt, wie ein Adler in der norddeutschen Tiefebene, noch immer ohne Zugang zur Ostsee und umschlossen von vielen Marken, Herzogtümern und Königreichen, als da waren Braunschweig-Lüneburg, Anhalt, Meißen, Böhmen, Schlesien, Polen, Pommern und Mecklenburg. »Was ich will?« Der Erzbischof ging die einzelnen brandenburgischen Landesteile durch. »Die Mittelmark will ich nicht, auch die Ucker- und die Neumark nicht, auch die Lausitz interessiert mich nicht – aber die Altmark direkt vor meiner Tür. Einen Steinwurf von Magdeburg entfernt, in Wolmirstedt geht es los und zieht sich hinauf bis Wittenberge. Und dazu noch die Prignitz – zur Abrundung sozusagen. Das ist es, was ich will. Und der Papst wird begeistert davon sein.«

»Niemals!«, rief Johann von Buch, sprang auf und stürzte aus dem Raum.

Draußen warteten seine beiden Ritter, und man beschloss, erst einmal eine stille Ecke zu suchen und sich dort zu beraten.

»Bei Günther von Schwalenberg beißen wir auf Granit«, sagte Johann von Buch.

Thomo von Gore grinste. »An einem Erzbischof, einem Bischof aus Erz, kann man sich natürlich die Zähne ausbeißen.«

»Mir ist nicht zum Lachen zumute!«, knurrte Johann von Buch.

Lux von Güssen sprang dem anderen Ritter bei: »*Seid fröhlich in Hoffnung, geduldig in Trübsal, beharrlich im Gebet.* Römer 12, Vers 12. Wer vom Erzbischof kommt, sollte das wohl beherzigen!«

Doch Johann von Buch war nicht zu besänftigen. »Unser Land will er, dieser verfluchte Magdeburger! Und besonders auf die Altmark hat er es abgesehen.« Er berichtete von seiner missglückten Mission.

»Dann bleibt uns nur, Otto zu befreien«, sagte Thomo von Gore. »Wir machen die beiden Posten nieder, hieben den Käfig in Stücke und …«

»… und werden in den nächsten Minuten von den Lanzen der Magdeburger durchbohrt«, ergänzte Johann von Buch. »Denn wir müssen noch durch die ganze Stadt, und es ist ein weiter Weg bis zu einem ihrer Tore.«

»Und wenn Johann draußen gleichzeitig einen Scheinangriff startet?«, fragte Lux von Güssen.

Johann von Buch winkte ab. »Das Risiko ist mir zu groß.«

Inzwischen neigte sich der Tag, und sie mussten sich beeilen, um vor Einbruch der Dunkelheit wieder draußen im Lager von Johann II. zu sein.

»Reiten wir schnell noch an Ottos Käfig vorbei, um ihm einen stillen Gruß zu senden«, schlug Thomo von Gore vor. »So weiß er, dass wir alles tun, damit er bald wieder freikommt.«

Sie hatten gerade den Marktplatz erreicht, da geschah an der gegenüberliegenden Seite, wo Ottos Käfig stand, etwas Außergewöhnliches: Ein feuriger Komet stürzte vom Himmel und fuhr in die Erde.

Giovanni da Cacciola saß mit seinen beiden Begleitern bei Bartholomäus von Brokstedt an der Tafel und lauschte den Deutungsversuchen der anderen.

»Der Teufel hat Feuer gespien, um unseren Feind zu vernichten«, meinte Ännlin.

Giovanni da Procida lächelte. »Es wird eher eine Feuerkugel sein, die vom Himmel gefallen ist.«

Barnabas von Brokstedt nahm das dankbar auf. »Der Herr hat uns ein Zeichen gegeben, damit wir innehalten in unserem sündigen Tun«, verkündete er und kam auch gleich mit einem passenden Bibelzitat aus dem fünften Buch Mose: »*Vom Himmel hat er dich seine Stimme hören lassen, dass er dich züchtigte; und auf Erden hat er dir gezeigt sein großes Feuer, und seine Worte hast du aus dem Feuer gehört.*«

»Ich habe nur die Schreie der Wachposten

gehört«, sagte Johann von Buch. »Ich hatte Angst, dass Otto etwas passiert ist.«

Bartholomäus von Brokstedt lachte. »Passiert ist ihm nichts, auch den beiden Wachposten nicht, sie sehen nur alle drei aus wie verkohlt und haben für eine Weile ihr Gehör verloren.«

Giovanni da Cacciola hatte ein schlechtes Gewissen. Obwohl er als Arzt über einige Erfahrung im Vermischen chemischer Stoffe verfügte, war ihm die Entwicklung einer Art Sprengbombe – und damit die Befreiung Ottos IV. – gründlich misslungen. Nun, wenigstens hatte niemand ernsthaft Schaden genommen, so dass er auch keinen Grund sah, sich zu seiner Tat zu bekennen. Möglicherweise aber hatte ihn doch jemand vor Ottos Käfig hantieren sehen, und so hielt er es für angebracht, in den nächsten Tagen lieber in der kleinen Kammer zu verweilen, die Ännlin von Brokstedt ihm zugewiesen hatte. Als Grund gab er Kopf- und Gliederschmerzen an, das Magdeburger Klima scheine ihm nicht zu bekommen. Aber natürlich hielt er Augen und Ohren offen, um zu sehen, wie es mit Otto IV. weiterging …

Und so bemerkte er, wie sich am frühen Abend ein Mann ins Haus der Brokstedts schlich.

Er sei der brandenburgische Rat Johann von Buch, hörte Giovanni ihn sagen, als er sich der Frau des Hauses vorstellte, und sei gekommen, um geheime Gespräche mit ihrem Manne zu führen, der ihm als der einflussreichste aller Dom- und Ratsherren geschildert worden sei. Schnell schlüpfte der Medicus aus seiner Kammer und lief in das Zimmer, das Bartholomäus von Brokstedt für seine Dienstgeschäfte reserviert hatte. Da stand ein großer Schrank aus Eichenholz, in dem er sich verstecken konnte. Gerade hatte er sich eingerichtet, da traten die beiden Männer ins Zimmer und nahmen Platz. Beide sprachen nur mit gedämpfter Stimme, aber dennoch konnte Giovanni beinahe alles verstehen.

»Ich komme zu Euch, weil Ihr mir als praktisch denkender Mensch geschildert worden seid«, begann Johann von Buch. »Euer Erzbischof hingegen erscheint mir hart und starrsinnig.«

Bartholomäus von Brokstedt wand sich ein wenig. »Nun, er hat schließlich Euren Markgrafen besiegt, und auch in Magdeburg gilt: *Vae victis!*«

»Wehe den Besiegten … Meinetwegen, aber wir Brandenburger sind ja in Wirklichkeit nicht besiegt, denn Otto IV. hat ein halbes Dutzend Mitregenten, die ihn jederzeit ersetzen können, und Johann II. ist auch schon dabei, die Gegend um Magdeburg … sagen wir es offen … heimzusuchen. Also wäre es doch das Klügste für Magdeburg, Otto wieder laufenzulassen.«

»Das zu entscheiden ist Sache des Erzbischofs«, entgegnete Bartholomäus von Brokstedt mit einiger Kühle.

»Aber seine Entscheidung hängt von seinen Beratern ab, mit Euch an der Spitze!«, rief Johann von Buch. »Ihr könnt ihn überzeugen, diesem schändlichen Schauspiel – ein Reichsfürst in einem Käfig! – ein Ende zu bereiten.«

Bartholomäus von Brokstedt schien sich geschmeichelt zu fühlen. »Das könnte ich wohl, von mir hängt es ab … Aber was habe ich davon?«

»Ihr hättet Euch um Magdeburg verdient gemacht, und Brandenburg würde auch ein beachtliches Lösegeld zahlen, damit Otto die Freiheit geschenkt wird.«

Bartholomäus von Brokstedt lachte. »Das Geld verschwände schnell in den Schatullen der Kirche.«

Johann von Buch senkte die Stimme. »Wir

würden uns Eure Vermittlerdienste auch einiges kosten lassen …«

»Soll das heißen, Ihr wollt mich bestechen?«

Eine Antwort konnte Giovanni da Cacciola nicht mehr vernehmen, er hörte nur Bartholomäus von Brokstedt empört aufschreien: »Raus hier!« Dann knallten die Türen, und Totenstille trat ein. Giovanni wartete noch ein Weilchen, bis er sein Versteck verließ, und schlich dann in seine Kammer zurück. Als er nach einiger Zeit heftigen Durst verspürte und in die Küche gehen wollte, um sich einen Krug frischen Wassers zu holen, kam er am Dienstzimmer des Hausherrn vorbei und sah Bartholomäus von Brokstedt in seinem Lehnstuhl, wo er gerade eingeschlafen war. Das war eine Chance, die sich der Medicus nicht entgehen lassen wollte. Er kannte seine hypnotischen Kräfte, und es war ihm in Salerno schon öfter gelungen, mit deren Hilfe schlafende Patienten dahin zu bringen, nach dem Erwachen ihr Verhalten zu ändern. Und das hatte er nun auch bei Bartholomäus von Brokstedt vor. Er stellte sich vor ihn hin, fixierte die Stirn des Dom- und Ratsherrn und versuchte, die Kraft seiner Gedanken wie mit Sonnenstrahlen in das Gehirn des anderen zu übertragen. Dabei murmelte er minutenlang immer dieselbe Formel: »Ich nehme das Geld, Otto soll wieder hinaus in die Welt … Ich nehme das Geld, Otto soll wieder hinaus in die Welt … Ich nehme das Geld, Otto soll wieder hinaus in die Welt …«

Auf dem Großen Hausberg – etwa hundertfünfzig Meter über dem Selketal und von Mägdesprung rund fünf Kilometer flussabwärts – lag die Burg Anhalt. Sie war zu Beginn des 12. Jahrhunderts von Graf Otto von Ballenstedt errichtet, aber schon wenige Jahre später nach heftigen Kämpfen wieder zerstört worden. Albrecht der Bär hatte sie dann größer und schöner wiederaufbauen lassen, und zwar aus einem Baumaterial, das man in diesem Teil Deutschlands bis dahin nicht gekannt hatte, aus Backstein nämlich. So war eine der prächtigsten Burgen der damaligen Zeit entstanden.

Es war ein fröhlicher Zug, der sich da durch das Selketal in Richtung der Burg Anhalt bewegte. An der Spitze ritten Thomo von Gore, Lux von Güssen und der Rat Johann von Buch, dahinter Otto IV. und Johann II. sowie etliche

Ritter und Hofleute. In Magdeburg hatten die erzbischöflichen Räte Günther von Schwalenberg mit Nachdruck empfohlen, Otto IV. gegen ein Lösegeld von viertausend Pfund in Silber wieder freizulassen, und der war ihrem Rat gefolgt.

Auf der Burg gab es an diesem Abend ein großes Fest, und Otto IV., glücklich über den Ausgang des Magdeburger Abenteuers, konnte endlich wieder seiner großen Leidenschaft frönen, der Dichtkunst und dem Minnesang. Und so lauschten denn alle seinem Lied *Wintertrost*.

Winter, was hat dir gethan
Sommers bunte Blüthenwonne
Und der Vöglein süßes Singen?
Doch ich weiß wohl ohne Wahn,
Lacht mir nur der Minne Sonne,
Dann kannst du mich nicht bezwingen:

Lieber ist mir eine Nacht,
Als die tausendfache Blüthe
Und als aller Vöglein Singen.
Ja, ich hab' es wohl bedacht:
Besser tröstet Weibes Güte,
Als der Mai kann Freude bringen.

Giovanni da Procida hatte darauf gedrungen, ins Kloster Helfta zu reiten, um dort die berühmte Mystikerin Mechthild von Magdeburg zu treffen, deren umfassendes Werk *Das fließende Licht der Gottheit* weithin bekannt war.

Giovanni da Cacciola hatte, als ihm dieser Wunsch vorgetragen worden war, nur aufstöhnend mit den Augen rollen können. »Wenn ich als Arzt das lese – *mystische Vermählung der Seele mit Christus* oder *über die Wonnen und Qualen der mystischen Erfahrungen mit Gott* –, dann kann ich nicht umhin zu konstatieren, dass da jemand nicht recht bei Verstand ist.«

Barnabas von Brokstedt war sofort dazwischengegangen: »Nur rational kann man die Welt nicht erklären, mein Lieber, und wer nur die Ratio gelten lässt, der versäumt des Lebens ganze Fülle und Tiefe. Erst in der *unio mystica*, der mystischen Vereinigung mit Gott, können wir das höchste und letzte Ziel des menschlichen Lebens sehen.«

»Es ist zu eng gedacht, Helfta nur als Hort der Mystikerinnen zu sehen«, hatte Giovanni da Procida hinzugefügt. »Die Äbtissin hat das Kloster auch zu einem Zentrum des theologischen Studiums gemacht.«

Giovanni da Cacciola fügte sich also dem Wunsch und folgte den beiden Freunden in Richtung Eisleben. Es sollte für ihn ein unvergesslicher Ausflug werden …

Während des Ritts zitierte ihm Barnabas von Brokstedt einige Verse eines Gedichts von Mechthild von Magdeburg:

Da sprach der liebende Mund
Der meine Seele küßte wund
In seinen erhabenen Worten
Die ich niemals würdiger hörte:
Du bist meiner Sehnsucht Liebesfühlen.
Du bist meiner Brust ein süßes Kühlen …
Ich bin in dir, du bist in Mir …

Dies brachte Giovanni zum Schwärmen, doch er verzog bald darauf das Gesicht, als er erfuhr, dass die große Mystikerin bereits im achten Lebensjahrzehnt stand und es ihr zudem schlechtging, da eine eiternde Wunde am Mittelfinger der rechten Hand ihr sehr zu schaffen machte. Die Äbtissin Gertrud und deren Schwester Mechthild von Hackeborn, von der man als der »Nachtigall Christi« sprach, machten sich große Sorgen um sie.

»Da kommen wir ja gerade zur rechten Zeit!«, rief Barnabas von Brokstedt, der Gertrud schon des Längeren kannte. »Denn ich habe zwei große Ärzte aus Salerno mitgebracht, beide mit dem Vornamen Johannes: Giovanni da Procida und Giovanni da Cacciola.«

Dies wurde mit großer Freude aufgenommen, und die beiden machten sich auch sofort daran, die Wunde zu untersuchen.

»Wir haben unsere Künste von Teodorico Borgognoni, einem dominikanischen Mönch und Bischof von Cervia und zugleich Arzt des Papstes Innozenz III., vermittelt bekommen«, erklärte Giovanni da Cacciola der Mystikerin. »Dies vorangeschickt, um Euch zu beruhigen, denn unsere Untersuchung könnte ein wenig weh tun.«

»Danke, meine Kinder, der Herr wird schon wissen, was gut für mich ist.« Und sie fügte den 6. Vers des 107. Psalms hinzu: »*Die zum Herren riefen in ihrer Not, und er errette sie aus ihren Ängsten.*«

Giovanni da Cacciola und Giovanni da Procida waren sich schnell im Klaren darüber, dass Mechthilds Wunde eine Blutvergiftung auslösen konnte, und die hätte in ihrem Alter schnell den Tod zur Folge gehabt. Also säuberten sie die Wunde und tränkten dann den Verband mit Messwein, da sich in der Eile keine passenden Heilkräuter finden ließen.

Inzwischen war es Abend geworden, und der Medicus trat in den Klostergarten hinaus, um ein wenig frische Luft zu schöpfen, aber auch um zu sehen, ob zu dieser Jahreszeit möglicherweise noch Kräuter zu finden waren, die eine Wunde besser heilen ließen. Auch in den Rinden mancher Bäume steckten Säfte, denen man eine solche Wirkung zusprechen konnte. So trat er an den Stamm einer Weide und ritzte ihre Rinde mit dem Nagel seines rechten Daumens ein wenig.

In diesem Augenblick hörte er hinter sich ein gefährliches Sirren, und ehe er reagieren konnte, fuhr so dicht neben seinem Kopf ein Pfeil in die Weide, dass ihm ein Teil seines Ohrläppchens abgerissen wurde. Er ließ sich fallen, gewahr, dass ein zweiter Pfeil angeflogen kam – doch es passierte nichts weiter. Als er dann aufsprang und den Schützen zu erkennen suchte, war der schon längst im angrenzenden Gebüsch verschwunden.

Ohne Zweifel, da hatte ihm jemand nach dem Leben getrachtet. Aber warum in aller Welt?

ZWEI

Berlin, auf der nördlichen und größeren der beiden Inseln in der Spree gelegen, war durch die markgräfliche Förderung schnell zur bedeutendsten Stadt der Mark Brandenburg geworden, während das benachbarte Cölln, wo die Ufer viel sumpfiger waren, längst nicht so schnell gedieh und man zu einer Zeit, da in Berlin schon Häuser und Speicher zu finden waren, noch Feldbau betrieb.

Die Berliner Kaufleute hatten es durch den Fernhandel nach Hamburg und weiter nach den Niederlanden und nach Flandern zu einem bescheidenen Wohlstand gebracht. Ausfuhrprodukte waren vor allem Roggen und Eichenholz. Es blühte auch der Handel mit Textilien, Gewürzen, Fisch, Bier und Wein. Durch das »Privileg der Niederlage« waren fremde Händler gezwungen, ihre Waren in der Stadt anzubieten – oder aber eine Gebühr zu entrichten.

Es war Geld genug in den Kassen, um mit dem Bau der Marienkirche zu beginnen und in ihrer Nähe den Neuen Markt anzulegen. Auch neue Straßen entstanden, so die Klosterstraße, die als Belag mächtige Holzbohlen erhielt.

Über die schritt nun stolz der Ratsherr Conrad Bettkober. Der höchste Verwaltungsbeamte, der Schulze, wurde vom Markgrafen eingesetzt, aber über ihren städtischen Rat, der aus zwei Bürgermeistern und zehn weiteren Mitgliedern bestand, konnten die Berliner selbst bestimmen. In der Praxis wurden die Ratsherren aber nicht von der Bürgergemeinde gewählt, sondern von ihren Vorgängern, so dass sich ein regelrechtes Patriziat herausgebildet hatte.

Conrad Bettkober erwartete von allen Bürgern den ihm gebührenden Respekt, doch gerade den ließ der Tuchmacher Welper missen, als der ihn jetzt »aus Versehen« fast über den Haufen rannte.

»Oh, das tut mir aber leid!«, rief Welper, und das war nicht einmal gelogen, denn es tat ihm wirklich leid, dass der Ratsherr nach seinem Rempler nicht zu Boden gegangen war.

»Seht euch nur vor!«, knurrte Conrad Bettkober. Was er fürchtete, war ein Aufstand der Weber und Tuchmacher, denn die kochten vor Wut, weil ihnen der Rat verboten hatte, ihre Tuche selbst zu verkaufen. Das einträgliche Monopol des Tuchverkaufs lag bei den Gewandschneidern, da diese den Rat beherrschten. Außerdem presste der Rat den Handwerkern den größten Teil der Abgaben ab, die an den Markgrafen zu zahlen waren, während das kaufmännische Patriziat geschont wurde.

Conrad Bettkober war also ohnehin schon schlecht gelaunt, und da musste ihm auch noch der Vogt Eukarius von Kraatz über den Weg laufen. »Dummkopf!«, murmelte er, als er ihn vom Mühlendamm her kommen sah. Seine Hassgefühle rührten daher, dass Kraatz gerade einen seiner Vettern wegen eines läppischen Viehdiebstahls hatte hinrichten lassen. Kraatz war ein Stadtfremder und hatte sich wegen seiner überharten Urteile bei den Berlinern höchst unbeliebt gemacht. Kleinere Kriminalfälle durfte das städtische Gericht selbst verhandeln, die Entscheidung über Blut und Leben sowie über Grundeigentumsfragen war jedoch dem Vogtgericht vorbehalten. In der Altmark hatten es die Städte schon geschafft, diese Vogtgerichte loszuwerden, Berlin aber musste sie noch immer ertragen.

»Ich habe Neuigkeiten für Euch«, sagte der Vogt, als sie sich begrüßt hatten.

Conrad Bettkober verneigte sich mit leichter Ironie. »Da bin ich ganz Ohr.«

»Im nächsten Jahr wird der brandenburgische Landtag bei uns in Berlin abgehalten werden.«

Das war in der Tat eine frohe Botschaft, denn wenn sich die Markgrafen mit ihren Vasallen hier in Berlin trafen, gab es eine Menge zu verdienen. Und so kam es, dass der Rat doch noch mit halbwegs guter Laune sein Haus erreichte. Seine Stimmung schlug aber auf der Stelle um, als er seine Frau kreidebleich in der Diele stehen sah.

»Duretta, mein Gott, was ist denn?«

»Berblin liegt im Sterben!«

In Tangermünde hatten Giovanni da Cacciola und Barnabas von Brokstedt Abschied von Giovanni da Procida genommen, der nach Braunschweig an den Welfenhof wollte. Sie selbst hatten sich einem Zug von Kaufleuten angeschlossen, die über Brandenburg an der Havel, Potsdam und

Berlin nach Frankfurt an der Oder zogen. Dort, so war ihr Plan, wollten sie ihre Reise auf einem Boot fortsetzen und nach Stettin gelangen. Barnabas von Brokstedt hatte den Wunsch, die Ostsee kennenzulernen.

Der Medicus hatte sich wenig begeistert gezeigt. »Das ist doch mehr ein See als eine See.«

»Sagen wir eben Baltisches Meer zu ihr.«

Was sie noch immer beschäftigte, war der Pfeil aus dem Dunkel, der Giovanni im Klostergarten nur um Haaresbreite verfehlt hatte.

»Da ist einer, der mich töten will …« Diese Feststellung hatte der Medicus bereits so oft wiederholt, dass der Freund schon leicht verärgert das Gesicht verzog.

»Wirklich? Das hätte ich nie gedacht! Da wird einer nach einer Eule gezielt haben, aber doch nicht nach dir.« Barnabas von Brokstedt konnte mit seiner Ironie gar nicht mehr an sich halten. »Du tust doch pausenlos Gutes, wie soll dich denn da einer hassen?«

»Das ist es ja!«

Barnabas von Brokstedt wurde etwas ernsthafter. »Ist dir einmal ein Patient gestorben, dessen Nachkommen dir einen ärztlichen Fehler vorwerfen könnten und nun Rache nehmen wollen?«

»Nicht, dass ich wüsste«, brummte Giovanni.

»Was bleibt uns da?«

»Nichts anderes, als auf den nächsten Pfeil zu warten!«, rief Giovanni.

»So ist es, und darum werde ich, wenn es dunkel wird, lieber deine Nähe meiden.«

»Was, du weigerst dich, gemeinsam mit mir in den Tod zu gehen?«, fragte der Medicus und versuchte, subtilen Schmerz zu zeigen.

»Nein, das tue ich nicht! Es möge ein so mächtiger Pfeil herangekommen, dass er uns beide nacheinander durchbohrt!«

Derart plaudernd erreichten sie schließlich Berlin und betraten die Stadt durch das Spandauer Tor. Das erste größere Gebäude, das sie erblickten, war das Heilig-Geist-Spital.

Barnabas von Brokstedt stichelte schon wieder. »Klopf doch einmal an und frag nach, ob du hier Arbeit finden kannst!«

Sein Freund winkte ab. »Eher nehmen sie wohl dich. Ich bin doch nur eines, ein Medicus, du aber bist dreierlei in einer Person: Philosoph, Theologe und Advokat.«

Dass Giovanni da Cacciola Arzt war, hatte ein Mann gehört, der gerade aus dem Heilig-Geist-Spital gekommen war. »Wenn Ihr Arzt seid, ich flehe Euch an, dann kommt schnell! Meine Tochter Berblin liegt im Sterben, denn sie bekommt keine Luft mehr, und hier kann ihr keiner mehr helfen.«

»Aber natürlich, los!«

Giovanni folgte dem Mann und fand eine Siebzehnjährige, die in der Tat jeden Augenblick zu ersticken drohte. Ihre Pfeifgeräusche beim Atmen waren fürchterlich. Neben ihr stand ihre Mutter und war in Tränen aufgelöst, rechnete sie doch damit, auch dieses Kind zu verlieren.

»Bleib ganz ruhig!«, sagte der Medicus und strich dem Mädchen übers Haar. »Wir öffnen jetzt das Fenster und lassen frische Luft herein … Und du lockerst dir die Kleidung, damit dein Brustkorb nicht so eingeengt wird. So, sehr gut … Dann erleichtern wir dir mal das Atmen: Du stützt dich mit den Armen auf den Oberschenkeln ab, damit der ganze Brustkorb das Ausatmen unterstützen kann. Ja, gut so … Und dann, Berblin, schließt du deine Lippen, bevor du ausatmest, so dass sich die Wangen dabei aufblähen. So wird der Atemstrom abgebremst, und die Bronchien bleiben geöffnet.«

All das wollte jedoch wenig helfen, und Giovanni konnte verstehen, dass die Leute im Spital gemeint hatten, mit ihrem Latein am Ende zu sein. Blieb ihm nur noch, Barnabas von Brokstedt herbeizurufen und ihn zu bitten, ein kleines Fläschchen aus seiner Reisetasche zu holen.

»Was ist denn darin?«

»Frag nicht lange, lauf!«

Was sich in dem Fläschchen befand, war ein Kräuterextrakt, der zu einer lang andauernden Entspannung der glatten Muskulatur in den Bronchien führte. Giovanni wusste jedoch auch aus Erfahrung, dass seine Essenz bei Menschen mit schwachem Herzen zum Tode führen konnte. Sollte er es wagen oder nicht? Der Vater musste entscheiden.

Auch Conrad Bettkober rang mit sich und blickte, als er keinen Rat wusste, hilfesuchend zu seiner Frau hinüber. »Duretta, was sagst du als Mutter dazu?«

»Wir müssen es versuchen.«

Und so ließ Giovanni das Mädchen einen Löffel seines Extraktes schlucken. »Es ist ein

Wundermittel, Berblin, dessen Rezept mir Gott verraten hat, es wird dir helfen.«

Und in der Tat, das Mittel half. Nach einer halben Stunde konnte Berblin wieder ruhig atmen, und in geradezu euphorischer Stimmung verließ sie mit ihren Eltern das Heilig-Geist-Spital.

»Wie kann ich Euch danken?«, wurde der Medicus von der glücklichen Mutter gefragt.

Er verbeugte sich. »Den Dank, Dame, begehr' ich nicht.«

Von den Schrecken der Schlacht bei Frohse und dem Magdeburger Käfig mussten sich die Regenten der Mark Brandenburg erst einmal eine Weile erholen, und das gelang ihnen am besten bei der Jagd. So zogen Otto IV. und Johann II., sobald es Frühling geworden war, in das ausgedehnte Gebiet, das nach den vielen Schafen, die in dieser Gegend weideten, Schorp Weide genannt wurde, später dann Schorff Heyde oder Schorfheide. Die Markgrafen hatten dort mehrere Stützpunkte, vor allem das Kloster Chorin.

»Ist das nicht das ehemalige Kloster Margaretensee?«, wollte Thomo von Gore wissen.

Der Truchsess Ludwig von Langeleben, der

neben ihm ritt, nickte. »Im Prinzip hast du recht, auch wenn es richtig Marien- und nicht Margaretensee heißen muss.«

»Aber warum sind die Zisterzienser umgezogen?«

»Weil das Kloster auf einer Halbinsel gelegen war, ungefähr da, wo vorher eine slawische Burg gestanden hatte. Doch der Wasserspiegel ist immer weiter angestiegen, und bis zu den Knöcheln im Wasser stehen wollten die Mönche auf Dauer nicht.«

»Nun also Kloster Chorin …« Thomo von Gore liebte es zu kalauern. »Hat es womöglich diesen Namen, weil der Chor dort so schön gesungen hat?«

Ludwig von Langeleben freute sich, dass er den anderen weiter belehren konnte. »Chorin soll vom slawischen *chory* kommen, was krank bedeutet, wie mir die Mönche erzählt haben. Die Slawen, die hier gesiedelt haben, meinten damit angeblich, dass der Choriner See ein fischarmes, also krankes Gewässer ist.«

»So ein Pech, wenn man gezwungen ist, freitags immer Fisch zu essen! Gut, dass wir noch andere Tiere jagen und verspeisen dürfen.«

Das stimmte zwar, die hohe Jagd diente aber nicht primär der Fleischversorgung, sondern der Unterhaltung. Außerdem sollte sie allen die elitäre Rolle des Adels vor Augen führen, war sie doch sein Privileg. Den Bauern war die Jagd streng verboten.

»Ich bin ja gespannt, ob die Jagd mit meinem Habicht glücken wird«, sagte Ludwig von Langeleben. Er hatte ein Buch gelesen, das Kaiser Friedrich II. geschrieben hatte, *De arte venandi cum avibus*, und dabei seine Liebe zur Falknerei entdeckt. Da aber die Wahl des Beizvogels dem sozialen Rang des Jägers zu entsprechen hatte und Adler, Ger- und Wanderfalken Kaisern, Königen und Prinzen vorbehalten waren, hatte er sich mit einem Habicht begnügen müssen.

»Wenn wir von Friedrich II. sprechen, denke ich eher an die Geparden, die er zur Hetzjagd benutzt hat. So etwas wäre hier in der Mark eine Attraktion.«

»Unsere Windhunde sind auch nicht schlecht«, beschied ihn der Truchsess.

In Chorin angekommen, bezog man Quartier in einem Nebengebäude des Klosters und traf sich anschließend zum Essen, Trinken und Plaudern. Hauptthema war noch immer die Fehde mit den Magdeburgern.

»Für die Sache mit dem Käfig werden sie noch bitter büßen müssen«, erklärte Otto IV. »Und wir werden nicht eher ruhen, bis wir Erzbischof Günther von Schwalenberg zum Teufel gejagt und durch unseren Bruder Erich ersetzt haben!«

Daraufhin brachen alle in Jubel aus, und man trank auf das Wohl Brandenburgs und seiner Markgrafen.

Am nächsten Morgen wurde nur kurz gefrühstückt und gleich nach Sonnenaufgang zur Jagd geblasen. Die Bauern und Knechte aus der Umgebung, die man als Treiber verpflichtet hatte, standen schon bereit, ebenso murrend wie frierend. Kein Wunder, denn wer früher ein freier Mann gewesen war, durfte sich nun als Sklave fühlen und musste es hinnehmen, dass ihm die Jagdgesellschaft die Felder zertrampelte.

»Lasst euch mal Sonntag vom Abt erklären, was im dreizehnten Kapitel des Römerbriefes steht!«, knurrte der Truchsess Ludwig von Langeleben, als er die feindseligen Blicke der Einheimischen bemerkte. »*Jedermann sei untertan der Obrigkeit, die Gewalt über ihn hat. Denn es ist keine Obrigkeit ohne von Gott; wo aber Obrigkeit ist, die ist von Gott verordnet. Wer sich nun der Obrigkeit widersetzt, der widerstrebt Gottes Ordnung; die aber widerstreben, werden über sich ein Urteil empfangen.*«

»Wozu die Bibel nicht alles gut ist«, murmelte Thomo von Gore. »Wie schön, dass unsere Vorfahren schon in grauer Vorzeit so klug waren, Gott zu erfinden!«

»Das ist Gotteslästerung!«, rief Ludwig von Langeleben.

Und er sollte sich in seiner Sicht bestätigt fühlen, denn kaum waren sie eine halbe Stunde gen Osten geritten, da brach aus dem Unterholz ein Bär hervor, worauf Thomo von Gores Brauner in Panik geriet und mit seinem Reiter durchging. Da war keine Zeit mehr zum Durchparieren, das Pferd schoss davon. Nun wäre das in einer Savanne kein Problem für Thomo von Gore gewesen, hier aber, wo ein Baum neben dem anderen stand, wurde er schon vom ersten Ast abgestreift und stürzte in hohem Bogen zu Boden. Das wäre an sich nicht so tragisch gewesen, und seine Kameraden lachten anfangs auch, doch er prallte mit dem Kopf auf einen Findling von erheblichen Ausmaßen und blieb bewusstlos liegen.

Otto IV. kam herangesprengt. »Was ist mit ihm, ist er tot?«

»Es scheint so …«

Giovanni da Cacciola hatte bislang wenig Gefallen an Berlin gefunden, und an Cölln noch viel weniger, für ihn war die Doppelstadt schlichtweg ein langweiliges Nest. Gerne wäre er weitergezogen, doch Barnabas von Brokstedt litt unter einem derart schmerzvollen Furunkel am Gesäß, dass an ein längeres Sitzen im Sattel gar nicht zu denken war. Giovanni hielt es für das Beste, wenn der Freund den ganzen Tag über auf dem Bauch lag und die von ihm zubereitete Salbe in Ruhe auf den Quälgeist einwirken konnte, aber dazu war Barnabas von Brokstedt zu unruhig, und er bat inständig, doch immer wieder einmal ein Stündchen spazieren gehen zu dürfen.

Giovanni lachte. »Aber nur, wenn du keine Hose anhast.«

»Wie?«, fragte Barnabas von Brokstedt. »Ich soll mit nacktem Hintern durch Berlin marschieren? Dann lässt mich die Obrigkeit doch sofort ins Verlies werfen.«

»Gut, dann zieh dir etwas an, was locker sitzt und meine Salbe nicht aufsaugt.« An manchen Stellen des Körpers ließ sich nun einmal kein Verband anlegen.

Auch beim Gehen schmerzte sein Furunkel nicht wenig, aber das nahm Barnabas von Brokstedt gern in Kauf, wenn er nur aus seiner muffigen Kammer herauskam und ein wenig frische Luft schnappen konnte.

»Wenn man bedenkt, dass die Römer auf der Via Appia schon steinernes Pflaster hatten und die Berliner rund anderthalb tausend Jahre später nur glitschige Bohlen, dann muss irgendetwas mit der Ausbreitung der höheren Kultur nicht geklappt haben«, merkte Giovanni an. »Und in Rom gab es schon vierstöckige Häuser, und hier sind sie froh, wenn ihnen ihre Fachwerkhäuser nicht schon beim zweiten Stockwerk zusammenfallen.«

Die Häuser waren mit ihrem Giebel zur Straße hin ausgerichtet, und neugierig lugte der Medicus in die Fenster. Im Erdgeschoss befanden sich offenbar Küche und Wohnraum, und dazwischen lagen der Flur und die Treppe zum Obergeschoss, wo man sich wahrscheinlich zur Ruhe bettete. Geheizt und gekocht wurde an offenen Feuerstellen.

»Die Patrizier sollen schon Kamine haben«, sagte Barnabas von Brokstedt.

Das Interessanteste an Berlin war der Betrieb auf dem Mühlendamm. Man hatte die Spree mit Hilfe eingeschlagener Eichenpfähle bis auf einen kleinen Durchlass ober- und unterhalb der Stadt für alle Schiffe unpassierbar gemacht. Die Durchlässe waren mit einem schwimmenden und gut angeketteten Baumstamm leicht zu verschließen, dem Ober- und dem Unterbaum, und so kam nur hindurch, wer zahlte.

Sie hatten vor, vom Spandauer Tor, wo sie in der Nähe des Heilig-Geist-Spitals eine Herberge gefunden hatten, an der Marienkirche vorbei zum Franziskanerkloster zu laufen, in dem ein Vetter der von Brokstedts lebte, mussten aber am Oderberger Tor anhalten, um einen merkwürdigen Zug vorbeizulassen. Da liefen in der Mitte einer Schar von Rittern, Knappen und Ministerialen zwei Pferde nebeneinander, die durch zwei Stangen auf immer demselben Abstand gehalten wurden, und zwischen diesen beiden Stangen war, gleich einer

Hängematte, ein Zelttuch gespannt, auf dem ein Mann lag, der heftig stöhnte und offenbar ständig etwas rufen wollte, aber nur lallende Worte von sich gab, die kein Mensch verstehen konnte.

Es traf sich gut, dass Giovanni da Cacciola in diesem Augenblick in der gaffenden Menge auch den Ratsherrn Conrad Bettkober entdeckte, der konnte ihm sicherlich Auskunft geben.

»Das ist der Ritter Thomo von Gore, einer der engsten Vertrauten Ottos IV. Es war ein Jagdunfall in der Nähe des Klosters Chorin. Er ist abgeworfen worden und mit dem Kopf auf einen Felsblock geknallt. Seitdem kann er seine Beine nicht mehr bewegen und nur noch tierische Laute von sich geben.«

»Ich verstehe«, murmelte Giovanni.

Jetzt erst kam dem Ratsherrn die Erleuchtung. »Gott, Ihr seid ja Arzt, Signore da Cacciola! Ihr habt meiner Tochter so trefflich geholfen, vielleicht könnt Ihr auch den wackeren Thomo retten.«

Der Medicus überlegte nicht lange. »Es wäre mir am liebsten, man brächte ihn ins Heilig-Geist-Spital. Wenn Ihr das in die Wege leiten könntet …«

»Gut, das machen wir.«

Die Diagnose war einfach, da brauchte Giovanni nicht lange zu überlegen: Durch den Aufprall des Kopfes auf den Felsblock war es zu einer Schwellung im Gehirn gekommen, und das wurde im engen Schädelraum so zusammengepresst, dass es nicht mehr richtig funktionieren konnte. Unternahm man nichts, starb der Mann mit hoher Wahrscheinlichkeit oder blieb zumindest zeitlebens gelähmt. Es gab nur ein Mittel, ihn zu retten: Der Schädel musste geöffnet werden. Das hatten bereits die alten Ägypter durchgeführt, doch die Kirche hatte solche Kopfoperationen an lebenden Menschen bis vor kurzem verboten, und auch in Salerno hatte man sie wenig geübt. Giovanni da Cacciola hatte nur einmal zugesehen, noch nie aber selbst einem Menschen den Schädel geöffnet. Wenn er wenigstens Giovanni da Procida an seiner Seite gehabt hätte, aber so ganz allein …

Er nahm Barnabas von Brokstedt beiseite und erzählte ihm von dem, was er plante. »Meinst du, dass du stark genug bist, mir dabei zu helfen?«

»Nein, aber ich will es trotzdem probieren. Aber bitte fang mich auf, wenn ich in Ohnmacht falle.«

»Gut. Mit den Schwestern zusammen werden wir es schon schaffen. Hol mir bitte einen der Schlafschwämme aus meinem Gepäck.«

Der Schlafschwamm war in Salerno entwickelt worden, nachdem man arabische Schriften studiert hatte und dabei auf diese frühe Form der Anästhesie gestoßen war. Ein Schwamm wurde in eine Lösung von Opium, Alraune, geflecktem Schierling und anderen Substanzen getränkt und anschließend getrocknet und gelagert.

Während Barnabas von Brokstedt in die Herberge eilte, um den Schlafschwamm zu holen, ging Giovanni erst zum Hausmeister und dann in die Küche des Hospitals, um sich alles zusammenzusuchen, was er für eine Schädelöffnung brauchte: Hammer, Meißel, Messer und Bohrer. Zur Säuberung kam alles in einen Bottich mit kochendem Wasser.

Die Küche erschien ihm auch der geeignete Operationssaal zu sein. Thomo von Gore wurde hereingetragen und auf den Küchentisch gelegt.

»Er ist schon gestorben!«, schrie einer.

Giovanni da Cacciola beruhigte die Leute: »Nein, er ist nur ins Koma gefallen.«

Als Barnabas von Brokstedt zurück war,

konnte der Medicus mit der Schädelöffnung beginnen.

Ringsum begann man zu beten. »*O Herr, hilf! O Herr, lass wohl gelingen!*«

Giovanni da Procida war nicht nur wegen seiner Mission nach Meißen gekommen, sondern auch, um jene Wettiner kennenzulernen, deren Beinamen interessante Menschen versprachen. Da waren vor allem Albrecht II. der Entartete, Sohn von Heinrich dem Erlauchten, und Friedrich I. der Gebissene. Steffan von Hartha, seines Zeichen »Camerarius« am Meißener Hof, erklärte ihm die Zusammenhänge.

»Albrecht II., geboren 1240, ist der älteste Sohn Heinrichs und hat 1254 Margaretha von Staufen geheiratet.«

»Ah ja!«, rief Giovanni da Procida. »Die Tochter von Kaiser Friedrich II. und dessen vierter Gemahlin Isabelle von England. Eine Traumhochzeit ist das gewesen!«

Steffan von Hartha lächelte. »In der Tat. Die Minne ist etwas Herrliches – und manchmal ist sie ebenso frucht- wie furchtbar. Bei Albrecht und Isabella war sie zuerst durchaus fruchtbar: In den ersten zehn Jahren ihrer Ehe gab es vier Kinder: Heinrich, Friedrich, Dietrich und Agnes.«

»Und wo haben wir nun das Furchtbare?« Giovanni da Procida war gespannt.

»Das Furchtbare hat eigentlich nur Margaretha erlitten – ausgelöst durch Kunne.«

»Einen Mann also?«

Steffan von Hartha grinste. »Nein, ganz im Gegenteil, sondern durch Kunigunde, Kunigunde von Eisenberg, einem Hoffräulein im Gefolge Margarethas. Sie hat es wunderbar verstanden, den Markgrafen auf sich aufmerksam zu machen – und eines Tages geschah es dann auf der Wartburg: Er stand lichterloh in Flammen und wohnte ihr bei. Als Margaretha dies bemerkte, packte sie ihre Sachen und reiste ab. Am 24. Juni 1270 ist das gewesen. Vorher aber biss sie ihren Sohn Friedrich, der seinem Vater sehr ähnlich sah, in rasendem Zorn noch in die Wange.«

»Ah, daher also Friedrich I. der Gebissene.«

»So ist es. Und natürlich leidet er unter seiner Narbe«, führte der Meißener Ritter weiter aus. »Margaretha ist 1270 in der Frankfurter Stauferpfalz gestorben, wahrscheinlich an gebrochenem Herzen, und Albrecht hat postwendend seine Kunigunde geheiratet und einen Sohn, auch einen Albrecht, sowie eine Tochter gezeugt. Da wären wir wieder beim Fruchtbaren. Aber mit ihm ist wiederum das Furchtbare verbunden, denn als Albrecht seinen Sohn Albrecht – zur besseren Unterscheidung Apitz genannt – nun zum Haupterben einsetzte und die beiden Söhne aus der ersten Ehe mit wenigem abfinden wollte, sind die beiden, Friedrich und Dietrich, gegen ihren eigenen Vater in den Krieg gezogen.«

»Das sind ja herrliche Geschichten und wunderbare Stoffe!«, rief Giovanni da Procida. »Gott, hätten wir doch die Dichter und Theater, wie die Griechen sie hatten!«

Steffan von Hartha musterte den Italiener. »Signore da Procida, habt Ihr nicht gesagt, Ihr seid von Hause aus Arzt?«

»Ja, das bin ich wirklich.«

»Könnt ihr nicht etwas tun, dass diese schreckliche Narbe aus Friedrichs Gesicht verschwindet? Sie belastet ihn fürchterlich und macht ihn regelrecht krank.«

Giovanni da Procida überlegte einen Augenblick. »Ich selbst habe mich an dieser Art von Chirurgie noch nicht versucht. Aber mein junger

Freund Giovanni da Cacciola, der beste Absolvent, den die Medizinische Schule von Salerno bis heute hatte, wird das können.«

»Dann ruft ihn bitte auf die Käfernburg, wo Friedrich beim dortigen Grafen Zuflucht gefunden hat!«

In Berlin und Cölln, wo Giovanni da Cacciola dem Ritter Thomo von Gore mit der gewagten, aber geglückten Schädelöffnung das Leben gerettet hatte, bedauerte man seinen Weggang und ließ ihn nur ziehen, nachdem er hoch und heilig versichert hatte, so bald wie möglich an die Spree zurückzukehren.

Die Käfernburg war südöstlich von Arnstadt gelegen, und nachdem zwischen den Askaniern und den Wettinern seit der Schlacht bei Mittenwalde 1245 Friede herrschte, ging die Reise angenehm vonstatten.

Barnabas von Brokstedt begleitete ihn gern, denn er kannte einige Männer aus dem Gefolge der Käfernburger Grafen aus seiner Zeit in Barby.

»Willbrand von Käfernburg ist schließlich Erzbischof von Magdeburg gewesen.«

Giovanni da Cacciola nickte. »Ich weiß, bei

den Brandenburgern fluchen sie noch heute über ihn.«

Sie kamen durch eine Ortschaft mit dem Namen Angelhausen, und Barnabas von Brokstedt fragte den Ortspfarrer, der ihnen zufällig über den Weg lief, ob die Angeln hier gehaust hätten.

»Ob sie hier gehaust haben, entzieht sich meiner Kenntnis, aber gesiedelt haben sie hier – bevor sie nach Angelsachsen gezogen sind, nach England.«

»Ich denke, die wollten sich verbessern …«

Als sie die Käfernburg vor sich liegen sahen, kam ihnen Giovanni da Procida entgegen, und es gab ein freudiges Wiedersehen. Endlich wieder vereint, legten sie die letzte Strecke des Weges im Zuckeltrab zurück, um kurz noch über alles zu reden, was sie bewegte.

Im Burghof wartete Friedrich I. der Gebissene schon auf den »Wunderheiler« aus Salerno. Giovanni da Cacciola bekam weiche Knie, denn da stand ein Mann, der ihn wahrhaft schwach werden ließ: imposant, hübsch und kraftvoll. Giovanni da Procida hatte ihm bereits von der Verletzung erzählt, die Friedrich erlitten hatte. Die Narbe an der rechten Wange entstellte ihn jedoch keineswegs, aber sie stand wohl symbolisch für die Narben an seiner Seele.

»Ich sage Euch herzlichen Dank, dass Ihr mich in meinem Asyl aufgesucht habt«, begann Friedrich das Gespräch. »Euer Freund Giovanni da Procida wird Euch bereits über alles in Kenntnis gesetzt haben. Wenn Ihr Euch meine Narbe einmal genauer ansehen wollt?«

»Selbstverständlich, wenn Ihr bitte in die hellste Sonne kommen wollt ...«

Giovanni da Cacciola holte seine Lupe hervor und studierte die Narbe. »Hm ... Ich will Euch gleich die Wahrheit sagen: Narben können nur korrigiert werden, aber niemand kann sie zum Verschwinden bringen.«

Da brach es aus Friedrich heraus: »Gott, ich will mich nicht ein jedes Mal, wenn ich in den Spiegel sehe, daran erinnern, dass diese Narbe von den Zähnen meiner armen und betrogenen Mutter stammt – egal, ob sie mich nun aus Verzweiflung gebissen hat oder weil ich meinem Vater so ähnlich sehe.«

Der Medicus legte ihm die Hand auf die Schulter. »Ich verstehe ... Wenn Ihr einwilligt, dann nehme ich eine kleine Operation an Euch vor, und später wird es dann so aussehen, als handele es sich um die Folgen einer Kriegsverletzung, als hätte Euch ein Schwert geritzt. Ich werde alles störende Gewebe beseitigen, insbesondere die verdickten Wundränder, wie ich sie jetzt erkenne, und eine spezielle Salbe wird dafür sorgen, dass die neue Narbe flacher, heller, weicher und deutlich weniger sichtbar sein wird. Das vernarbte Gewebe wird sich vom umliegenden kaum noch unterscheiden.«

»Wunderbar!« Friedrich I. der Gebissene klopfte dem Medicus freundschaftlich auf die Schulter. »Lasst uns gleich morgen in der Früh mit der Prozedur beginnen!«

Die drei Freunde wurden nun ins Gästehaus geführt, und vor dem Abendessen machte Giovanni noch einen kleinen Spaziergang.

Auf diesen Moment hatte der Schütze, der ihn aus einem dichten Gebüsch heraus schon lange beobachtet hatte, nur gewartet. Er spannte seinen Bogen, zielte auf Giovannis Halswirbel und löste den Pfeil.

Drei

In Staub mit allen Feinden Brandenburgs! Markgraf Otto IV. wollte in der Fehde mit den Magdeburgern nicht klein beigeben. Zum einen hielt er es für unabdingbar, den Gegner im Westen seines Landes ein für alle Mal auszuschalten, zum anderen schrie alles in ihm nach Rache, seit er im Käfig gesteckt hatte und Johann von Buch gezwungen gewesen war, den Staatsschatz seines Vaters zu plündern, um ihn freizukaufen. Im Jahre 1280 nun hatte man auf askanischer Seite neue Kraft geschöpft, um einen weiteren Waffengang zu wagen. Allen Vorausberechnungen nach würde man bei Staßfurt auf das Heer der Magdeburger treffen.

»Ausgerechnet Staßfurt!«, rief Johann von Buch.

»Warum denn nicht?«, fragte Hartmann von Carpin, ein junger Ritter aus Pommern, der den trefflichen Thomo von Gore ersetzen sollte, der nach seiner schweren Schädeloperation noch nicht wieder kriegstauglich war.

»Nun ja«, stöhnte Johann von Buch, »Staßfurt ist einiges wert. Es liegt an der alten Salzstraße von Lüneburg nach Halle an der Saale, und hier führte schon früh eine Furt durch die Bode. Seit langem war es askanischer Besitz, bis dann einige Nachkommen von Albrecht dem Bären bei der Feier ihres Ritterschlages so viele Schulden machten und nicht zurückzahlen konnten, dass sie die Stadt Staßfurt an den Erzbischof von Magdeburg verpfänden mussten.«

Otto IV. wollte mit seinem kleinen Heer gerade ein Lager auf den Feldern östlich von Staßfurt aufschlagen, als ein Kundschafter meldete, dass sich die Magdeburger von der Saale her nähern würden.

»Das ist sehr unerfreulich«, befand der Markgraf. »Ich hatte sie eher von Norden her erwartet, und nun haben wir sie sowohl vor uns als auch hinter uns, denn auf der Burg sitzen sie ja schon.«

»Pfeile von vorne, Pfeile von hinten …«, murmelte Lux von Güssen.

»Ich halte es für das Beste, wir greifen die

Ankommenden an, bevor sie sich mit ihren Verbündeten auf der Burg absprechen können.« Otto IV. sah seine engsten Gefolgsleute an. »Was meint ihr dazu?«

»Angriff soll ja die beste Verteidigung sein«, sagte Hartmann von Carpin. »Ich bin dafür!«

Da auch die anderen dem Plan des Markgrafen zustimmten, zog man sofort los und stürmte auf die anrückenden Magdeburger zu. Die wollten sich, vom langen Anmarsch ermüdet, gerade zur Ruhe betten, als sie das Kriegsgeschrei der Brandenburger hörten. Die meisten ergriffen die Flucht, und die wenigen Ritter, die noch rechtzeitig zu den Waffen greifen konnten, hatten Mühe, den Rückzug der Ihrigen zu decken. Ehe die Magdeburger so richtig begriffen hatten, wie ihnen geschah, war die Schlacht von Staßfurt schon entschieden. Befeuert von diesem schnellen Sieg, gab Otto IV. den Befehl, erst die Stadt und dann die Burg zu erobern.

»Sie sind uns von der Zahl her weit überlegen. Aber wenn wir es schaffen, uns in Staßfurt festzusetzen, und warten, bis Johann zu uns stößt und sie attackiert, beherrschen wir den Schlachtplatz.«

»Aber Staßfurt ist gut befestigt«, wandte Ludwig von Langeleben ein. »Die Askanier haben vormals gute Arbeit geleistet.«

Mit Ausnahme der Nordseite wurde die Stadt von einem Wall, dem Wallgraben, der äußeren und der inneren Stadtmauer umgeben. An den Knickpunkten hatte man die äußere Stadtmauer durch Rondelle verstärkt, und an der inneren Stadtmauer waren Warttürme errichtet worden. Die drei Stadttore waren ebenfalls gut geschützt. Im Norden bot der Flusslauf einen natürlichen Schutz, im Westen kamen die Burg und im Süden das ausgedehnte Sumpfgelände hinzu.

Das alles wusste Otto IV. »Aber von der Ostseite her sind sie zu packen.«

»Da sind jedoch die Befestigungsanlagen besonders gut, groß und massiv gebaut«, kam der Einwand von Lux von Güssen, der Staßfurt von früheren Aufenthalten ebenfalls kannte.

»Ich frage meine Männer!«, rief Otto IV. »Seid ihr nicht alle auch besonders gut, groß und massiv gebaut?«

Ein hundertfaches Ja scholl ihm entgegen. Und da seine Truppen kaum erschöpft waren, gelang es Otto IV. schon im ersten Anlauf, die

Wehrmauern Staßfurts zu überwinden und die bewaffneten Bürger auf dem Geländestreifen zwischen äußerer und innerer Stadtmauer niederzuringen. Innerhalb einer Stunde war Staßfurt eingenommen.

»Nun die Burg!«, rief Otto IV.

Sie zu stürmen schien ebenfalls keine unüberwindbare Aufgabe zu sein, wohl eher ein Kinderspiel, denn es handelte sich um keine steinerne Burg auf einem hohen Felsen, sondern nur um eine sogenannte Niederungsburg mit Wassergräben und Wällen.

So gab Otto IV. seinem Pferd bedenkenlos die Sporen, um es durch den ersten Wassergraben zu treiben.

Da traf ihn ein Pfeil der Verteidiger, und der war mit einer solchen Wucht abgeschossen worden, dass er seinen Helm durchschlug und ihm oben im Kopf steckenblieb. Er prallte zwar zurück, stürzte aber nicht aus dem Sattel und blieb zudem bei vollem Bewusstsein. In sicherer Entfernung parierte er sein Tier und ließ sich von Lux von Güssen aus dem Sattel helfen.

»Zieh mir das Ding aus dem Kopf!«, schrie er.

Lux von Güssen brach den Pfeil erst einmal ab und versuchte, dem Markgrafen den Helm von Kopf zu ziehen. Das gelang ihm auch, aber das restliche Geschoss steckte so tief im Schädelknochen, dass er es nicht herausziehen konnte.

»Lass den Pfeil da stecken, wo er steckt!«, rief Johann von Buch, der inzwischen herbeigeeilt war. »Wenn du ihn herausziehst, spritzt uns nur das Gehirn entgegen.«

In Berlin und Cölln ahnte man nicht, was an diesem Tage in Staßfurt geschah, und die Bürger gingen ihren Geschäften nach, ohne zu ahnen, dass ihr verehrter Landesherr von nun an bis in alle Ewigkeit den Namen Otto IV. mit dem Pfeil tragen würde.

Giovanni da Cacciola und Barnabas von Brokstedt waren nach Berlin zurückgekehrt, nachdem die Narbenkorrektur im Gesicht des Wettiner Markgrafen gelungen war. Dafür hatte Giovanni als Andenken an seinen Ausflug auf die Käfernburg nun selbst eine Narbe im Gesicht, denn der Pfeil des Heckenschützen hatte seinen rechten Wangenknochen gestreift.

»Wie nennen wir dich nun am besten?«,

fragte Barnabas von Brokstedt. »Giovanni I. der Beschossene?«

»Lieber Giovanni I. der Verfehlte. Aber wenn der Mann, der mich im Visier hat, weiter übt, wird er mich beim dritten Versuch ganz sicher treffen.«

»Wäre es da nicht angebracht, ihn vorher auszuschalten?«, fragte Barnabas von Brokstedt.

Giovanni schlug sich mit der flachen Hand gegen die Stirn. »Auf diese Idee wäre ich von selbst nie gekommen! Schick ihm doch bitte einen Brief und bitte ihn, dem nächsten Pfeil einen kleinen Zettel mit seinem Namen anzuheften oder aber nach dem Schuss so lange zu warten, bis wir ihn packen können.«

So heiter er die Sache zu nehmen schien, so sehr fürchtete der Medicus den nächsten Schuss aus dem Dunkel. Das ging so weit, dass er mit Beginn der Abenddämmerung alle Stellen mied, wo er, wenn er sich umdrehte, kein freies Blickfeld hatte. Aus jedem Gebüsch konnte der nächste, der tödliche Pfeil geflogen kommen. Und so war es zu erklären, dass er in diesen Tagen wesentlich öfter als sonst auf dem Mühlendamm zu finden war, wo ihm nichts entgehen konnte.

Heute kam ihnen Thomo von Gore entgegen, der auf den ersten Blick wieder ganz der Alte war. Sogar auf einen Kopfverband konnte schon verzichtet werden. Er umarmte Giovanni. »Ich muss meinem Lebensretter immer wieder danken!«

»Wie geht es denn so?«, fragte der Medicus.

»In den Krieg werde ich wohl nicht mehr ziehen dürfen«, antwortete der Ritter. »Aber Otto hat mir, wenn ich wieder voll genesen bin, einen Posten an seinem Hofe versprochen, als Mundschenk vielleicht. Vom Wein verstehe ich einiges.«

Barnabas von Brokstedt grinste. »Da merkt man gleich, dass der Mann doch nicht auf den Kopf gefallen ist.«

Thomo von Gore nickte. »Manchmal wird mir noch schwindlig, und ich kann eine Weile nicht mehr richtig sehen. Das geht und kommt so schnell wie ein Wadenkrampf.«

Giovanni versuchte, ihm Mut zu machen. »Ich hoffe, das wird sich im Laufe der Zeit auch noch geben.«

Sie gingen noch ein Weilchen nebeneinander her, plauderten und wechselten dabei nach Cölln hinüber, gingen am dortigen Rathaus vorbei und umrundeten die Petrikirche.

Dort traf Thomo von Gore auf einen italienischen Kaufmann, den er freudig begrüßte und Giovanni und Barnabas als den Lieferanten der Weine vorstellte, den die Markgrafen Otto IV. und Johann II. ganz besonders mochten. »Das ist Signore Edgaro Rotolo aus der Oltrepo Pavese, der Weinregion der Lombardei.«

Der Medicus freute sich. *»Finalmente ho incontrato una persona con ciu posso parlare nella mia lingua madre!«*

Der Kaufmann lachte. »Ganz meinerseits!«

Zu viert saßen sie dann noch für ein Stündchen in einer Schenke am Teltower Tor und redeten über dieses und jenes. Sie waren gerade dabei, ihre Zeche zu bezahlen, als der Ratsherr Conrad Bettkober zu ihnen trat und Giovanni da Cacciola zum Abendessen in sein Haus einlud.

»Meine Frau und ich, wir wollen uns noch einmal ganz herzlich für das bedanken, was Ihr für unsere Tochter getan habt.«

Giovanni freute sich. »Das war meine Pflicht. Aber danke für die Einladung, da komme ich gern. Darf ich meinen Freund mitbringen?«

Bettkober zögerte ein wenig. »Gut, meinetwegen auch zu zweit.«

Barnabas von Brokstedt war diese Reaktion nicht entgangen, und er erklärte, dass er sowieso schon anderweitig verabredet sei und Giovanni ruhig ohne ihn gehen möge.

So tappte er also allein in die Falle. Denn kaum hatte er das Bettkober'sche Haus an der Spandauer Straße betreten, da wusste er auch schon, wer dies alles eingefädelt hatte – die schöne Berblin nämlich. Sie hatte sich ganz offensichtlich in ihn verliebt und erhoffte sich von diesem Abend, dass auch er Feuer fing. Panik ergriff ihn, denn in den Gesichtern ihrer Eltern stand zu lesen, wie gern sie den Medicus als Schwiegersohn gesehen hätten. Giovanni da Cacciola schüttelte sich. Für ihn wäre Berlin einer Verbannung gleichgekommen, und er hätte sich schlimmer gefühlt als Ovid in Tomi am Schwarzen Meer.

Bevor das Hauptgericht aufgetragen wurde, hielt der Ratsherr eine kurze Rede, bei der er sich nochmals für Giovannis ärztliche Hilfe bedankte. »Und damit Ihr immer an Berblin denkt, möchten wir Euch diesen kleinen vergoldeten Handspiegel schenken, den Ihr hier seht. Auf der Rückseite findet Ihr die Initialen unserer geliebten Tochter: *BB.*«

Der Medicus fand das Geschenk ein wenig merkwürdig, bedankte sich aber höflich.

Berblin war befangen und trug nur wenig zur Unterhaltung bei, auch Conrad Bettkober war alles andere als aufgekratzt, dafür aber redete seine Frau Duretta umso mehr.

»Ich bin anders als die Leute hier, wisst Ihr, Signore, ich komme nämlich aus dem anderen Cöln, der Stadt am Rhein. Und die Spree ist nun mal kein Rhein. Zu uns haben die Römer die Kultur gebracht, doch bis hierher haben es Eure Vorfahren bedauerlicherweise nicht geschafft ...«

Es war die Blutrache, die Edgaro Rotolo umtrieb. Giovannis Bruder hatte nämlich seinen Bruder mit einem Pfeil in den Rücken getötet, und die Familie Rotolo hatte darauf beschlossen, dass beide Brüder da Cacciola auf dieselbe Art und Weise aus dem Leben gerissen werden sollten. Edgaro hatte in dieser Hinsicht keinen freien Willen und sah sich selbst als einen Pfeil, den sein Vater abgeschossen hatte und dessen Flugbahn nicht mehr zu verändern war. Seine Rolle als Kaufmann bot ihm Gelegenheit, immer dort aufzutauchen, wo sich Giovanni da Cacciola gerade aufhielt, ohne dass dies irgendeinen Verdacht erregt hätte. Und Pfeil und Bogen mit sich zu führen war bei seinen vielen Gepäckstücken ein Leichtes. Sicher hatte er zu Hause hinreichend geübt, aber auf einen menschlichen Kopf zu zielen war doch etwas schwieriger als auf eine Wassermelone, und so hatte er sein Ziel zweimal um Haaresbreite verfehlt – womöglich weil er den Wind jeweils falsch berechnet hatte. Ein drittes Mal würde ihm das nicht passieren, dessen war er sich ganz sicher, da würde der Pfeil in den Schädel fahren und absolut tödlich sein.

Eine Landeshauptstadt der Mark Brandenburg gab es um 1280 noch nicht, und da das Reisen ungeheuer beschwerlich und vielen Untertanen auch nicht möglich war, kam die Obrigkeit in regelmäßigen Abständen zu ihnen. So zog der Hof durch das Land, damit die Markgrafen ihre Rechte und ihre Regierungsgewalt ausüben konnten, denn ihnen oblag die Hohe Gerichtsbarkeit, die Steuererhebung, der Heerbann, das Befestigungsrecht sowie das Hoheitsrecht über Zoll, Markt, Münze, Mühlen und Juden. Die Städte und markgräflichen Burgen waren in der Regel so über das Land verteilt, dass man die Distanz zwischen ihnen an einem Tag bewältigen konnte, also etwa zwanzig bis dreißig Kilometer zu reiten hatte. Otto IV., jetzt gern Otto mit dem Pfeil genannt, und Johann II. hielten sich bevorzugt in Brandenburg an der Havel, Spandow und Tangermünde auf, hatten aber auch eine Reihe von Burgen zur Auswahl, so Freyenstein, Goldbeck, Grimnitz und Stolpe.

Im Sommer 1280 gab es ein Familientreffen der Askanier auf der Burg Grimnitz, die auf einer sandigen Erhebung zwischen dem Werbellin- und dem Grimnitzsee gelegen war und die zwischen den beiden Seen verlaufende Straße in Richtung Uckermark und Pommern sichern sollte. Angelegt worden war sie von den askanischen Markgrafen Johann I. und Otto III., die von hier aus gern zur Jagd in die nahe Schorfheide zogen. Es handelte sich um eine sogenannte Höhenburg, und Bergfriede wie Palas waren schon aus Quadergesteinen gemauert. Grimnitz war der Lieblingsaufenthalt Ottos IV., und gern rief er die Ritter zu Turnieren hierher.

In ruhigen Stunden saß er oft mit seiner Frau Heilwig am Schachbrett, umgeben von Sängern und Spielleuten. Heilwig von Schauenburg war die Tochter des Grafen Johann I. von Holstein-Kiel und half, die Herrschaft der Askanier nach Norden hin abzusichern. Außerdem war sie hübsch, intelligent und kunstliebend.

»Otto, ich würde mir diesen Zug noch einmal überlegen.« So einfühlsam wie möglich versuchte sie, ihrem Gatten zu vermitteln, dass er in zwei Zügen matt sein würde, wenn er ihren König wirklich mit seinem verbliebenen Springer angreifen würde.

»Gott, ja!« Der Markgraf wollte sich mit der flachen Hand gegen die Stirn schlagen, um sein Gehirn auf Touren zu bringen, zuckte aber im letzten Moment zurück: der Pfeil! Er hatte sich aber auch angewöhnt, bei falschen Entscheidungen oder wenn er nicht sofort das richtige Wort zu finden vermochte, auf seine Behinderung zu verweisen. »Du weißt doch, seitdem das Ding in meinem Kopf steckt, spiele ich nur noch halb so gut wie früher.«

Heilwig lachte. »Nein, du spielst besser als früher – aber ich noch viel, viel besser!«

Otto murrte. »Es reicht schon, wenn ich auf dem Schlachtfeld verliere – bitte nicht auch noch am Schachbrett!«

Heilwig ließ Otto die Partie gewinnen, ohne dass er es merkte.

Als es nun auf den Turnierplatz ging, fürchtete Otto IV., nicht mehr alles auseinanderhalten zu können, was sein Vater Johann I. und dessen Bruder, also sein Onkel Otto III. der Fromme an Nachkommen gezeugt hatten. »Man sollte ihnen große Nummern auf den Rücken kleben«, murmelte er, »oder besser gleich die Namen darauf schreiben.«

Außer seinen Verwandten hatte sich auf dem großen Platz zum Grimnitzsee hin auch alles versammelt, was am Hofe Rang und Namen hatte, so der Hofmarschall, der Truchsess, der Mundschenk, der Kämmerer und der Kanzler.

Otto IV. begrüßte alle, die da gekommen waren. Während seiner Rede wurde überall geflüstert, natürlich über den Rest des Pfeils, der in seinem Schädel steckte. Einige stöhnten auf bei dessen Anblick, andere wiederum lästerten. »Wenn ihn noch ein zweiter Pfeil getroffen hätte, auf der anderen Seite des Kopfes, würde er als Otto IV. der Stier in die Annalen eingehen.«

»Auch so ist er ein Pfeiler des Hauses Askanien.«

»Also Otto IV. der Pfeiler!«

»Schlimm für ihn, dass es keinen gibt, der ihm das Ding wieder rausholen kann, ohne dass er dabei das Zeitliche segnet.«

»Wozu haben wir eigentlich eine ganze Hand voller Mitregenten?«

»In Berlin soll es einen Wunderheiler geben, der Thomo von Gore den Schädel geöffnet hat.«

»Und womit hat er ihn wieder verschlossen – mit einem Pfeil?«

»Hört auf damit! Wir können uns keinen anderen Markgrafen denken als Otto. Stirbt er an seinem Pfeil, ist es aus mit dem Haus Askanien!«

Giovanni da Cacciola hätte Berlin schon wieder verlassen und wäre mit Barnabas von Brokstedt weiter Richtung Dänemark gezogen, vielleicht auch nach England, wenn man ihn im Hospital zum Heiligen Geist nicht so dringend gebraucht hätte. Die beiden Freunde wohnten dort in einer der Kammern, die Reisenden, Pilgern und hilfsbedürftigen Personen zur Verfügung standen. Wie jeden Morgen frühstückten sie auch diesmal zu zweit und nicht mit den anderen im großen Saal.

»Was ist denn das?« Barnabas von Brokstedt

hätte den Bissen, an dem er gerade kaute, am liebsten ausgespuckt. »Das ist doch kein Brot, das ist Schweinefutter!«

Giovanni lachte. »Das haben wir dem Rat zu verdanken. Der hat nämlich beschlossen, dass die Bäcker, wenn sie beim Verkauf schlechten Brotes erwischt werden, dieses an die beiden Armenhäuser zu liefern hätten – und in einem der beiden sind wir nun mal. Das andere ist das Georgen-Hospital vor dem Oderberger Tor, wo sie die Aussätzigen unterbringen.«

Ihr Zimmernachbar, ein Franzose, kam sie besuchen und schwärmte ihnen von einem Dichter namens Rutebeuf vor.

Giovanni musste bedauern. »Rutebeuf? Den Namen habe ich noch nie gehört. Wenn mein Französisch mich nicht täuscht, dann bedeutet *rude bœuf* rüder Ochse.«

Der Franzose nickte. »Er hat diesen Spitznamen, weil er insbesondere die Bettelmönche, die sich in alles einmischen und dem Volke alle Belustigungen austreiben möchten, rüde attackiert.«

Der Medicus klatschte in die Hände. »Bravo, ein guter Mann!«

»Aber er hat es schwer, denn er trinkt viel,

ist der Spielsucht verfallen und lebt verbittert und in Armut. Als Spielmann muss er sein Leben fristen, und es ist einsam um ihn herum.« Daraufhin zitierte der Franzose den Anfang eines Gedichtes von Rutebeuf: »*Was ist aus meinen Freunden geworden, / die ich für so nahe hielt und so sehr liebte? / Wie der Wind Bäume entblättert, / so ist auch mir kein einziges Blatt geblieben.*«

In diesem Augenblick erhob sich draußen auf den Gängen des Spitals gewaltiger Lärm, und Giovanni da Cacciola stürzte hinaus, als jemand seinen Namen rief.

»Da haben sie jemanden aus der Spree gezogen, und vielleicht könnt Ihr ihn wieder zum Leben erwecken.«

Als Giovanni das Gesicht des Mannes erblickte, den sie da hereingetragen hatten, schrie er auf, denn es handelte sich um keinen anderen als Thomo von Gore.

»Auf dem Mühlendamm ist er ins Taumeln geraten und dann ins Wasser gefallen«, wurde dem Medicus weiter berichtet.

Er beugte sich über Thomo und versuchte alles, um ihn ins Leben zurückzuholen – doch es war zu spät.

Der Truchsess Ludwig von Langeleben stürzte herein, brach vor dem Leichnam des Freundes in die Knie und verharrte in stiller Trauer. Als er sich wieder etwas gefangen hatte, sprang er auf und begann, Giovanni da Cacciola zu beschimpfen.

»Ihr tragt die Schuld an seinem Tod!«

»Wie kommt Ihr denn darauf?«

»Ihr habt in seinem Kopf etwas zerstört, deswegen ist er ins Wasser gefallen und ertrunken!«, schrie Ludwig von Langeleben.

Jetzt ging Barnabas von Brokstedt dazwischen. »Ohne Schädelöffnung wäre er doch damals schon gestorben.«

»Das wisst Ihr doch nicht!«

Giovanni zog sich zurück, ohne sich zu verteidigen. Schuldig an Thomo von Gores Tod fühlte er sich nicht, er war nur furchtbar traurig, dass es so gekommen war. Er hatte alle Möglichkeiten der medizinischen Kunst auszuschöpfen versucht, alles andere war Sache der höheren Mächte.

VIER

Erich von Brandenburg war von seiner Familie früh für den geistigen Stand bestimmt worden, und so war ihm das regelmäßige Gebet in Fleisch und Blut übergegangen. An diesem Vormittag kniete er vor dem Altar der Marienkirche und sprach halblaut: »*Gelobet sei der Herr täglich. Gott legt uns eine Last auf; aber er hilft uns auch.*«

Als er sich wieder erhoben hatte, wollte er weiter in der Bibel lesen, doch im Kirchenschiff war es für seine schwachen Augen zu dunkel. Seine schlechte Sehkraft war für ihn eine große Belastung, und das wurde ihm auch am Sonntag wieder schmerzlich bewusst, da er als hoher Gast auf der Kanzel der Marienkirche stand. Er verhaspelte sich so oft, dass es für alle Gläubigen recht beschämend wurde, als er seine Predigt auf ein Kapitel des Buches Jesaja aufzubauen gedachte. »Der Herr hat mir eine geleckte Zunge gegeben, dass ich wisse mit dem Mürben zu recht zu zweit zu reden. Ich hielt meinen Rüden dar denen, die mich schlugen, und meine Wogen denen, die mich ranften; mein Angedicht verbarg ich nicht vor Schmauch und Speichel.«

Diejenigen unter seinen Zuhörern, die bibelfest waren, schüttelten nur mitleidig den Kopf, die anderen rätselten, was er wohl meinte.

»Das verstehe ich nicht«, sagte Barnabas von Brokstedt, der Theologie studiert hatte und das prophetische Buch des Jesaja sehr gut kannte. »Der Mann war doch lange Zeit Domherr und Propst des Stiftes St. Bonifatius zu Halberstadt.«

Giovanni da Cacciola grinste. »Mit Brille wäre das nicht passiert.«

»Womit?«

»Mit einer Brille. Das kommt von Beryll, dem Halbedelstein.« Der Medicus holte aus zu einer längeren Erklärung: »Schleift man einen Bergkristall zu einer dünnen Linse und hält ihn vor ein schwaches Auge, so werden die kleinsten Buchstaben zu großen Lettern. Die Ägypter und die Araber kannten das schon, und bei Alhazen ist von einem Lesestein die Rede. Weißt du, was Albrecht von Scharfenberg über den *berillus* gedichtet hat?«

»Nein, ich kenne gar keinen Albrecht von Scharfenberg.«

Giovanni begann, nach Art eines großen Schauspielers die Verse vorzutragen: »*Sam der berillus grozet di schrift in im ze lesene, din herze dem genozet, dar inne alle tugende mit wesene wahsent hoch, breit, wit und ouch di lenge.*«

»Ah ja: So wie der Beril die in ihm zu lesende Schrift vergrößert, gleicht ihm dein Herz, darin alle Tugenden in ihrem Wesen hoch, breit, weit und auch in die Länge wachsen. Danke für das Kompliment!«

Nach der Predigt wollte es der Zufall, dass ihnen Erich von Brandenburg über den Weg lief. Giovanni da Cacciola wollte sich vorstellen, doch Erich winkte ab. »Ich habe Euch bei der Beerdigung von Thomo von Gore gesehen und weiß, dass Ihr alles getan habt, was in Euren Kräften stand. Aber der Herr hat es anders gewollt.«

»So, wie er es nicht gewollt hat, dass Ihr Erzbischof von Magdeburg werdet«, sagte der Medicus mit einer gewissen Keckheit, aber auch, weil es ihn gehörig verärgerte, wenn man annahm, Gott würde sich um jede Kleinigkeit auf Erden höchstpersönlich kümmern.

Erich von Brandenburg fuhr nun keineswegs auf, sondern begann, dem Medicus sein Herz auszuschütten: »Wenn Ihr wüsstet, wie sehr ich unter allem leide! Ich bin ein Mann des Friedens und hasse jede Fehde, und ausgerechnet meinetwegen wird nun Krieg geführt. Aber diese Magdeburger! Über fünfzehn Jahre ist es nun her, dass Papst Urban IV. die Domherren dort gebeten hat, mir ein Kanonikat einzuräumen – doch sie weigern sich! Da haben sich nun meine Brüder herausgefordert gefühlt. Mich belastet das alles so sehr, dass mein Augenlicht zusehends schwächer wird.«

»Dagegen lässt sich etwas tun«, sagte Giovanni. »Wenn es Euch nichts ausmacht, uns zum Heilig-Geist-Spital zu begleiten …«

Wenig später hielt sich Erich einen geschliffenen Beryll vor die Augen und konnte plötzlich auch die kleinsten Buchstaben lesen, die von den Mönchen gemalt worden waren.

Erich war entzückt, und zum Dank wurde Giovanni da Cacciola wenig später zu einer festlichen »Tafeley« ins Hohe Haus der Markgrafen am Oderberger Tor geladen.

Bei dieser Gelegenheit lernte der Medicus

Otto IV. kennen und betrachtete mit unverhohlenem Interesse den abgebrochenen Pfeil, der ihm im Schädel steckte.

Der Markgraf verfolgte Giovannis Blicke ebenso skeptisch wie ängstlich. »Da juckt es Euch wohl in den Fingern?«

Der Medicus seufzte. »Allerdings …«

Der Truchsess Ludwig von Langeleben mischte sich nun ungefragt ein: »Bloß keine Operation! Das endet nur wie bei Thomo von Gore.«

Otto IV. sah den Medicus hilfesuchend an. »Was wird denn geschehen, wenn der Pfeil über lange Zeit dort bleibt, wo er steckt?«

Giovanni dachte nach. »Ein solcher Fall ist mir nicht bekannt. Aus welchem Holz besteht denn der Pfeil?«

»Aus Esche.«

»Nun, das ist ein hartes Holz, aber auch das fängt irgendwann zu faulen an, und dann werden sich in Eurem Blut Stoffe ansammeln, die Giften ähnlich sind …«

Otto IV. war bleich geworden. »Mein Todesurteil ist also schon gefällt?«

»Nicht, wenn es mir gelingt, den Pfeil zu entfernen.«

»Und das ist dann der sichere Tod!«, rief Ludwig von Langeleben. »Genau wie bei Thomo von Gore.«

1280 war für Berlin und Cölln ein wichtiges Jahr, denn die Markgrafen und Mitregenten Otto V. der Lange, Albrecht III. und Otto VI. der Kleine, denen die Doppelstadt gehörte, hielten hier mit allen Vasallen ihren Landtag ab – und das waren über hundert Männer aus der Altmark, der Prignitz und der Mittelmark. Es kam viel Geld in die Kassen, was Gastwirte und Händler gleichermaßen erfreute. Manche Adlige äußerten aber auch ihren Unmut.

»Nicht einmal eine richtige Burg oder ein Schloss gibt es hier in Berlin!«, schimpfte einer aus der Familie Gans Edle Herren zu Putlitz. »Die Askanier haben zwar auch nur ihr kümmerliches Haus am Oderberger Tor – wir aber müssen uns sogar in den engen Kammern irgendwelcher Bürgersleute einquartieren.«

»In Brandenburg an der Havel sieht es noch schlechter aus«, fand einer aus der Gruppe der Quitzows. »Wir brauchen endlich eine richtige Hauptstadt!«

»Die wünsch dir mal nicht!«, lachte Arnold von Bredow. »Wenn wir die haben, verkümmern wir nur in ihrem Schatten.«

Giovanni da Cacciola verfolgte dies alles zwar nur am Rande, aber mit einigem Interesse, denn es war immer gut, ängstliche Patienten bei der Behandlung mit Gesprächen abzulenken. Dies war auch beim Ratsherrn Conrad Bettkober vonnöten, der ihn wegen eines vereiterten Fingernagels im Hospital zum Heiligen Geist aufgesucht hatte, wo man ihm eine kleine, aber helle Kammer als Ordination zur Verfügung gestellt hatte.

»Es schmerzt höllisch und sieht böse aus. Ich muss mich an einem verrosteten Nagel verletzt haben …«

Der Medicus besah sich die Verletzung. »Hm … Und dann ist es auch noch der Zeigefinger der rechten Hand, mit dem immer auf andere Menschen zeigt«, meinte er amüsiert.

»Ihr zögert!«, rief der Ratsherr voller Schrecken. »Heißt das, Ihr müsst mir den Finger abnehmen?«

»Eine Amputation? Nein, um eine kleine Operation werden wir jedoch nicht herumkommen. Aber erzählt doch einmal, was Ihr den Markgrafen Gutes für Berlin abgerungen habt!«

»Die Bede wird abgeschafft«, berichtete ihm Bettkober. »Und dann haben sie uns Rechte verkauft, mit denen wir unsere Einkünfte erhöhen können. Außerdem will Otto IV. in Berlin eine Münze einrichten … Au!«

Sein Schmerzensschrei hallte durch das ganze Hospital. Aber damit war das Schlimmste überstanden, und Giovanni da Cacciola konnte sich daranmachen, die Wunde zu verbinden.

Nach vierzehn Tagen war alles verheilt, und Conrad Bettkober war derart begeistert von dem italienischen Neuberliner, dass er davon sprach, Giovanni für immer an die Stadt zu binden – und zwar dadurch, dass man ihn zum Bürgermeister machte. Von den einfachen Bürgern, insbesondere den Handwerkern und Dienstleuten, wurde dieser Vorschlag mit Beifall aufgenommen, das Patriziat aber war strikt dagegen, denn allzu viele Männer dieses Standes machten sich selbst Hoffnung auf das hohe Amt und gönnten es keinem Zuwanderer. Bestärkt darin wurden sie auch durch den Truchsess Ludwig von Langeleben, der dem Medicus gegenüber einen immer stärkeren Hass entwickelte.

Giovanni verfolgte dies alles außerordentlich amüsiert.

Barnabas von Brokstedt aber hielt es für nötig, ihn zu trösten: »Warte nur ab, wenn du Otto IV. erst einmal den Pfeil aus dem Kopf herausoperiert hast, wird er dir aus Dankbarkeit noch ganz andere Ämter anbieten!«

Otto IV. konnte sich auch nach Wochen an den Fremdkörper in seinem Schädel nicht gewöhnen, und manchmal musste er mit beiden Händen die Tischplatte umklammern, um sich selbst daran zu hindern, das Ding herauszureißen.

»Tu es nicht!«, schrie seine Frau, denn auch sie wusste, dass Pfeilspitzen mit Widerhaken versehen waren und beim Herausreißen Schreckliches passieren konnte.

Einem alten Haudegen und vierschrötigen Menschen hätte ein abgebrochener Pfeil im Kopf vielleicht nicht sonderlich zusetzen können, aber Otto IV. war erst 42 Jahre alt und ein sehr sensibler Mensch, ein Minnesänger und Dichter. Was ihn quälte, war vor allem die Angst, dass das Geschoss doch Teile seines Gehirns verletzt haben könnte, und diese Gefahr sah er ein jedes Mal wachsen, wenn er mit dem Kopf, die abgebrochene Pfeilspitze wie ein Horn voran, gegen etwas Hartes stieß, gegen einen zu niedrigen Türrahmen oder eine zu tief hängende Öllampe. Manchmal wollte er seine Bedienten schon bitten, ihn auf der Bettstelle festzubinden, damit er nur auf dem Rücken liegen konnte. Wälzte er sich im Bett herum, konnte es geschehen, dass er im Schlaf mit dem Pfeil gegen den Bettpfosten kam und es höllisch schmerzte. Dann sprang er regelmäßig auf und lief im Haus herum, was jedoch auch keine Lösung war, denn da er mit seinem Hof ständig auf Reisen war, konnte er sich keine Räumlichkeit so gut einprägen, dass er im Dunkel nicht ständig gegen Schränke oder Truhen krachte.

»Bisweilen wünschte ich mir, das verdammte Ding hätte sich mir direkt ins Gehirn gebohrt, dann läge ich jetzt in Chorin im Grab und bräuchte mich nicht mehr zu quälen«, erklärte er gegenüber Johann von Buch des Öfteren.

»Dann geh doch endlich zu Giovanni da Cacciola, und lass dich operieren!«

»Und wenn das schiefgeht?«

Johann von Buch seufzte. »Tiefer als in die Hand Gottes kann man nicht fallen.«

Giovanni da Cacciola und Lux von Güssen ritten am frühen Morgen aus dem Oderberger Tor. Ihr Ziel war das Dorf Buchholz, wo es eine Reihe von Bauern gab, die Berlin mit Schweinefleisch belieferten.

»Muss es wirklich ein Schweinekopf sein?«, fragte Lux von Güssen.

Giovanni lächelte. »Nein, Eurer wäre mir lieber. Wenn Ihr also so freundlich sein würdet …«

»Gern!«, gab der Ritter zurück. »Aber was soll's, wo Ihr nicht mit Pfeil und Bogen umgehen könnt und mich niemals treffen würdet …«

Es ging um ein Experiment, das vielen mehr als skurril erschien, das Giovanni aber für unabdingbar hielt, wollte er wirklich darangehen, Otto IV. den Pfeil aus dem Schädel zu entfernen. Er wollte einen Schweinekopf beschießen lassen und dann sehen, wie sich die metallene Pfeilspitze mit ihren beiden Widerhaken aus einem Schädelknochen entfernen ließ, ohne dass er dabei übermäßig viel Knochensubstanz und Gewebe zerstören musste.

»Gut, es bleibt also bei einem Schweinekopf.«

Lux von Güssen ließ nicht locker. »Kann es

nicht auch ein Hirsch sein? Das wäre für einen Landesherrn etwas edler ...«

»Nein«, entschied der Medicus. »Ich habe in Salerno gelernt, dass das Schwein von allen Tieren, die es in unseren Breiten gibt, anatomisch die meisten Ähnlichkeiten mit einem Menschen aufweist.«

»Jetzt verstehe ich auch, warum sich so viele von uns wie Schweine benehmen.«

Derart munter plaudernd erreichten sie Buchholz und fanden den Bauern Jochen tatsächlich da, wo Lux von Güssen ihn vermutet hatte: im Schweinestall.

»Wir haben eine Bitte ...«, begann Giovanni da Cacciola

Als Jochen seinen Wunsch vernommen hatte, schüttelte er nur den Kopf und erklärte ihnen in einer Sprache, die sie kaum verstanden, warum das nicht ginge: »Ick hab nix slachten tan wat.«

»Gut, dann verkaufe uns ein Tier, und ich töte es hier an Ort und Stelle mit Pfeil und Bogen.«

»Nee, ick tu liebers nehm miene Axt un det Messa.«

Es entspann sich eine längere Diskussion, die

Giovanni dadurch beendete, dass er dem Bauern erklärte, für ihn habe alles nur Sinn, wenn Lux von Güssen einem toten Schwein einen Pfeil in den Kopf jagte. »Und es muss dieselbe Stelle sein wie beim Markgrafen.«

Zu Tode erschrocken, riss Jochen die Augen auf. »Je wulln de Otto umbt Leben bringen?«

Erst nach einer ganzen Weile konnten sie Jochen überzeugen und mit dem Procedere beginnen. Zwei Tiere mussten geschlachtet werden, bis der Pfeil endlich an der richtigen Stelle saß und Giovanni mit dem Schweinekopf nach Berlin zurückkehren konnte, um sich im Spital zum Heiligen Geist alles genau ansehen zu können.

Zwei weitere Tage vergingen, dann hatte man im Spital einen großen und lichtdurchfluteten Raum als eine Art Operationssaal hergerichtet. Dem Medicus war es auch gelungen, zwei Mönche so zu schulen, dass sie ihm zur Hand gehen konnten. Barnabas von Brokstedt wurde zum Askanierhof geschickt, Otto IV. zu holen.

»Nun denn …« Kreidebleich war der Markgraf in den Operationssaal getreten. »Lasset uns vorher noch beten.«

Als man dies getan hatte, legte er sich auf

den Operationstisch und schloss die Augen, um alles gottergeben über sich ergehen zu lassen. Doch als er es ganz in seiner Nähe klirren und klappern hörte, schlug er die Augen noch einmal auf, und als sein Blick auf die Instrumente fiel, die Giovanni da Cacciola einsetzen wollte, schnellte er hoch, sprang auf den Boden hinunter und floh in wilder Panik aus dem Heilig-Geist-Spital.

fünf

Bartholomäus von Brokstedt hätte seinen Fuß nie freiwillig auf Berliner Boden gesetzt, wenn ihn nicht der neue Magdeburger Erzbischof Bernhard III. von Wölpe darum gebeten hätte, mit den askanischen Markgrafen über einen dauerhaften Frieden zu verhandeln. Zermürbt von allen Fehden und Querelen, hatte sein Vorgänger Günther I. von Schwalenberg auf das Amt verzichtet.

»Bringt die Brandenburger dahin, dass sie endlich davon ablassen, ihren unsäglichen Erich uns Magdeburgern einzupflanzen, und bietet ihnen als Gegenleistung an, dass wir unsererseits den Fehdehandschuh beiseitelegen und auf jegliche Entschädigung für die Verwüstungen verzichten, die sie bei uns angerichtet haben.«

Ehe sich Bartholomäus von Brokstedt nun in die Verhandlungen mit Otto IV. stürzte, wollte er sich erst einmal umhören, was man am askanischen Hofe so fühlte und dachte, und da kam ihm seine alte Bekanntschaft mit dem Ratsherrn Conrad Bettkober gerade recht. Als er dessen Haus betrat, herrschte dort eine außerordentlich gedrückte Stimmung, und weder Bettkobers Frau noch seine Tochter wollten aus ihren Kammern kommen, ihn zu begrüßen.

»Was ist denn passiert? Ist jemand krank?«

Conrad Bettkober winkte ab. »Berblin hat Liebeskummer …«

»Oh, soll sie mit jemandem verheiratet werden, den sie nicht mag?«

»Ja, mit einem wohlhabenden und gutaussehenden Kürschnermeister, der vor zwei Jahren Witwer geworden ist. Aber sie schreit Zeter und Mordio und will von ihrem Giovanni nicht lassen.«

Bartholomäus von Brokstedt wurde hellhörig. »Mein Ihr etwa Giovanni da Cacciola, den Medicus aus Salerno?«

»Erraten! Er hat sie einmal bei einem schlimmen Anfall gerettet, und nun ist er ihr Märchenprinz. Er aber zeigt kein Interesse an ihr.«

»Nun, Giovanni da Cacciola ist ein guter Bekannter meines Sohnes, und ich werde ihn nachher einmal auszuforschen versuchen. Man hört, die beiden sollen im Spital zum Heiligen Geist Quartier genommen haben …«

Conrad Bettkober nickte. »In der Tat.«

Danach setzten sie sich zusammen, um die politische Lage zu beraten. Der Berliner Ratsherr sprach sich entschieden für ein harmonisches Verhältnis zu den Magdeburgern aus, weil er sich davon einen weiteren Aufschwung des Handels und der Gewerbe versprach, glaubte aber nicht, dass Otto IV. mit dem Pfeil und Johann II. auf die Inthronisation ihres Bruders verzichten würden.

»Was könnte sie denn dazu bewegen, von Erich von Brandenburg als Erzbischof abzusehen?«, fragte Bartholomäus von Brokstedt.

Der Ratsherr lachte. »Nur der Anschluss Magdeburgs an die Mark Brandenburg.«

Als Bartholomäus von Brokstedt klargeworden war, dass sich ein neuer Waffengang kaum vermeiden ließ, machte er sich auf den Weg, um seinen Sohn zu besuchen. Berlin und Cölln gefielen ihm gar nicht. Gemessen an Magdeburg – von Cöln, Mailand, Paris und London gar nicht zu reden –, war es ein langweiliges Nest. Welch Fortschritt, dass sie inzwischen schon mit Steinen bauten! Wenn auch nur mit selbstgebackenen, wie er immer lästerte, mit Backsteinen und keinen, wie sie die Natur so wunderbar geschaffen hatte. Immerhin hausten sie nicht mehr in Holz- und Lehmhütten.

Als er das Heilig-Geist-Spital erreicht hatte, wurde ihm sofort der Weg zur Kammer seines Sohnes gewiesen, und freudig wollte er an die Tür klopfen, als er von drinnen ein so heftiges Stöhnen vernahm, dass er erschrak und an einen Anfall dachte. Ohne sich zu besinnen, riss er die Tür auf. Was er sah, ließ ihn erstarren. Da lag nämlich dieser Giovanni auf seinem Sohn Barnabas.

»Auseinander!«, schrie Bartholomäus von Brokstedt.

Die beiden Liebenden fuhren hoch und bedeckten flugs ihre Blöße.

»Was treibt ihr denn da?«

Giovanni da Cacciola lächelte. »Halten zu Gnaden: Wir spielen Achilles und Patroklos, wie sie sich bei Aischylos nahekommen. Euer Sohn und ich, wir sind ein Paar – und Paare paaren sich nun mal.«

»Nein, dieses Berlin!«

Gedanke die sint ledic frî,
daz in der werlte nieman kan erwenden.
dâ ist ouch dicke senen bî,
die ich von dem herzen ofte unsanfte sende.
ein rehtiu liebe mich betwanc,
daz ich ir gap daz herze mîn,
des werdent mir diu jâre sô lanc.

Berblin Bettkober ging das Lied des Minnesängers Dietmar von Eist nicht mehr aus dem Kopf.

Ihr Fühlen und Denken war derart auf Giovanni da Cacciola gerichtet, dass sie sich ein Leben ohne ihn nicht vorstellen konnte. Es musste etwas geschehen!

Giovanni da Cacciola konnte sich nun manches erklären. So zum Beispiel, warum sich bei ihm nichts geregt hatte, als ihn Berblin Bettkober angehimmelt hatte. Bereits seit langem war es so, dass er attraktive Frauen geradezu fürchtete – oder gelangweilt war von ihrem Anblick. Es war nur zu hoffen, dass Bartholomäus von Brokstedt keinen Skandal aus der Liebesgeschichte machte, sonst blieb ihm wohl nichts anderes übrig, als mit Barnabas ins Kloster zu gehen.

Gedankenverloren ging er am Ufer der Spree spazieren und kam zum Oberbaum, wo es immer amüsant zuging, denn die Schiffer fluchten so schön. Zum einen über die Abgaben, die sie zu zahlen hatten, zum anderen über den Umstand, dass sie am Mühlendamm anlegen und ihre Waren über ihn hinweg zur anderen Seite tragen und auf einen zweiten Kahn verladen mussten. Als er an der Stelle angekommen war, wo die Berliner Stadtmauer ihren Anfang nahm, hörte er Leute schreien: »Da ist eine Frau ins Wasser gegangen! Rettet sie!«

Und da kein anderer die Kunst des Schwimmens beherrschte, war es an Giovanni, ins Wasser zu springen und die Frau, die schon in den trüben Fluten der Spree versunken war, zu packen und an Land zu ziehen. Gott, das war ja Conrad Bettkobers Tochter! Schnell hatte er sie wiederbelebt.

»Ich danke dir, o Giovanni«, hauchte sie.

Der Medicus lachte. »Das wird langsam zur Gewohnheit, dass ich dich rette.«

»Jeden Morgen möchte ich von dir gerettet werden.«

O weh, dachte Giovanni, und wer rettet

mich vor dir? Berblin Bettkober war ein wunderbares Wesen, doch er fühlte nun mal anders. Wie konnte er ihr das nur beibringen? Er versuchte es mit einer Notlüge: »Ich bedaure, aber ich bin zum Leibarzt des Papstes berufen worden, und Nikolaus III. verlangt, dass man in dieser Funktion streng im Zölibat lebt. Der Herr behüte dich.«

Damit küsste er Berblin auf die Stirn, übergab sie der Obhut zweier herbeigeeilter Frauen und floh in Richtung Stralauer Tor. Nur raus aus der Stadt!

So wanderte er am nördlichen Ufer der Spree entlang Richtung Cöpenick, bis er einen umgestürzten Baumstamm fand, auf den er sich setzen und nachdenken konnte. Als er nach einer Mücke schlug, die sich auf seinem Arm mit Blut versorgen wollte, geriet er mit seiner Hand auf etwas Hartes, das in den Taschen seines Gewandes steckte. Als er nachsah, fand er den kleinen Handspiegel, den ihm Berblins Vater geschenkt hatte, nachdem er seine Tochter vor dem Erstickungstod gerettet hatte. Auch das noch! Er litt, wusste er doch, wie sehr Berblin in diesen Stunden leiden würde. Jede gute Tat rächt sich einmal … Das Leben schrieb jede Menge trauriger Geschichten, und er blickte in den kleinen Spiegel, um zu lesen, was in seinem Gesicht geschrieben stand.

Genau dies rettete ihm das Leben, denn im Spiegel sah er, wie hinter ihm ein Mann aus dem Gebüsch trat, lautlos seinen Bogen spannte und auf ihn anlegte. Giovanni da Cacciola warf sich reaktionsschnell ins Gras. Der Pfeil zischte über ihn hinweg. Diesmal kriege ich dich aber! Giovanni schnellte wieder hoch und sprang ins Gebüsch, ehe der Schütze einen zweiten Pfeil einlegen konnte. So blieb diesem nur die Flucht. Aber schon war Giovanni hinter ihm und hatte ihn mit einem Faustschlag gegen den Hinterkopf niedergestreckt. Ohne sich weiter zu besinnen, zog er ihm das Hemd vom Körper und zerriss es, um ihn mit den einzelnen Streifen an Händen und Füßen zu fesseln. Als der Mann wieder zu sich kam, setzte er ihm sein Messer an die Kehle.

»Wer bist du? Sprich – oder …«

»Edgaro Rotolo«, stieß der Mann hervor, und dann erzählte er dem Medicus, dass ihn die Blutrache von Salerno nach Berlin getrieben habe.

Giovanni schüttelte sich. »Das ist doch alles barbarisch! Ich könnte dich jetzt töten und hier verscharren, aber zum einen bin ich Arzt, und zum anderen verbietet uns Gott zu töten. Also soll das Berliner Stadtgericht entscheiden, was mit dir geschieht.«

Der Operationssaal im Spital zum Heiligen Geist war aufs Beste hergerichtet, und Giovanni da Cacciola war voller Hoffnung, denn gestern war Giovanni da Procida nach Berlin gekommen, und in ihm hatte er einen Assistenten, wie es auf der ganzen Welt keinen besseren gab. Nicht zuletzt diese Tatsache mochte Otto IV. bewogen haben, den Eingriff trotz aller Ängste und Bedenken doch noch vornehmen zu lassen.

Gleich nach dem Morgengebet hatte er erscheinen wollen, und vom Hohen Haus der Markgrafen am Oderberger Tor bis zum Standort des Spitals am Spandauer Tor war es nun wahrlich kein weiter Weg, doch Minute um Minute verging, ohne dass der Landesherr sich blicken ließ.

Dafür trat der Truchsess Ludwig von Langeleben in den Operationssaal und informierte die beiden Ärzte dahingehend, dass Otto IV. mit seiner Frau zusammen im Gebet verharren würde und sie sich noch etwas gedulden mögen.

Der Medicus lächelte. »Selbstverständlich,

wir müssen nur aufpassen, dass das Eschenholz in seinem Kopf nicht anfängt, Wurzeln zu schlagen und er eines Tages einen ganzen Baum mit sich herumtragen muss.«

Giovanni da Procida konnte darüber herzlich lachen, der Truchsess hingegen verstand den Scherz nicht.

»Signore Cacciola«, fauchte er den Medicus an, »ich warne Euch: Stirbt der Markgraf unter Euren Händen, dann lasse ich Euch zum Henker schleppen!«

Wiederum lächelte Giovanni. »Wenn das keine Motivation ist!«

Endlich erschien Otto IV. mit dem Pfeil, begleitet von seiner Frau Heilwig und seinen Brüdern Johann II., Konrad I., Albrecht III. und Erich von Brandenburg.

Giovanni da Cacciola begrüßte sämtliche Familienmitglieder mit dem gebotenen Ernst und betonte, dass er sich über ihr Erscheinen freute, es aber im Hinblick auf die Ruhe, die beim Eingriff herrschen müsse, vorziehen würde, wenn sie in einem entfernten Raum warten würden.

»Gut«, sagte Erich, »wir werden die Zeit im Gebet verbringen.« Und er begann auch gleich mit dem 138. Psalm: »*Wenn ich dich anrufe, so erhörst du mich und gibst meiner Seele große Kraft.* Herr, erbarme dich unseres Bruders Otto, und gebe diesem Medicus hier eine ruhige Hand und die Fähigkeit, das Rechte zur rechten Zeit zu tun. Amen.«

Otto IV. dankte ihm und legte sich auf den Operationstisch. »Lieber würde ich jetzt in die Schlacht ziehen!«

Giovanni lachte. »Und noch einen zweiten Pfeil abbekommen!«

Damit drängte er alle anderen aus dem Operationssaal und bat Giovanni da Procida, mit dem Schlafschwamm zu kommen und den Markgrafen ruhigzustellen. Danach sah er sich noch einmal die Zeichnung an, die er bei seinem Experiment mit dem Schweinekopf angefertigt hatte. Er wartete, bis die Kräuter ihre Wirkung getan hatten und der Markgraf eingeschlafen war, dann erläuterte er Giovanni da Procida seinen Plan: »Die Widerhaken an der Pfeilspitze werden auch bei Otto so tief im Schädelknochen stecken, dass ich diesen an beiden Seiten ein Stück wegfräsen muss, denn das Metall ist alles andere als elastisch. Wie weit die Spitze noch von der Gehirnmasse entfernt ist, wissen wir nicht, ich schätze aber, dass es nicht mehr als eine Haaresbreite sein wird. Um das Gehirn nicht zu verletzen, müssen wir alles vermeiden, was die Pfeilspitze weiter in den Kopf hineintreiben könnte.«

Giovanni da Procida nickte. »Ja, ich würde das Gebiet um den Pfeil auch so weit freilegen, dass sich ein Krater ergibt, und dann hoffen, dass wir ihn lockern können, ohne Verletzungen hervorzurufen, die irreparabel sein könnten.«

»Dann werden wir mal beginnen … Ob es nicht besser ist, den Kopf mit Lederriemen zu fixieren, damit er nicht auffahren kann, wenn der Schmerz doch so stark wird, dass kein Opium mehr hilft?«

»Eine gute Idee!«

Giovanni da Procida lief hinaus, um das Gewünschte zu besorgen, und nachdem sie Ottos Kopf festgebunden hatten, konnte der Medicus beginnen.

Sein erster Schnitt in die Haut ließ das Blut in Strömen fließen, und als Bohrer und Meißel in den Schädelknochen drangen, schrie Otto so fürchterlich, dass Ludwig von Langeleben herbeigeeilt kam, um Giovanni da Cacciola am weiteren

Tun zu hindern. Giovanni da Procida konnte ihn nur mit Mühe zurückdrängen, bis … bis der Medicus den Pfeil aus dem Kopf des Markgrafen herausgezogen hatte und ihn triumphierend in die Höhe hielt.

Die Operation war ein voller Erfolg, und Otto IV. sollte noch fast drei Jahrzehnte die Geschicke der Mark Brandenburg lenken, ehe er 1309 im Alter von siebzig Jahren verstarb und im Kloster Chorin seine letzte Ruhestätte fand.

anhang

Wahr an diesem Roman – und in jedem Geschichtsbuch nachzulesen – ist die Schlacht bei Staßfurt 1280, bei der Otto IV., Markgraf von Brandenburg, von einem Pfeil getroffen wurde, den er »einige Zeit« im Kopf herumgetragen hat, was seinen Beinamen begründete: Otto IV. mit dem Pfeil.

Historisches Personal

Otto IV. mit dem Pfeil (* um 1238, † 1309), Markgraf von Brandenburg aus dem Hause Askanien

Johann II. (* um 1237, † 1281), Markgraf von Brandenburg aus dem Hause Askanien

Konrad I. († 1304), Otto V. der Lange († 1298), Albrecht III. († 1300) und Otto VI. der Kleine († 1303), Mitregenten von Otto IV. und Johann II.

Erich von Brandenburg (* um 1245, † 1295), Bruder bzw. Neffe der Vorgenannten, von 1283 bis 1295 Erzbischof von Magdeburg

Albrecht II. der Entartete (* 1240, † 1314), Markgraf von Meißen

Friedrich I. der Gebissene (* 1257, † 1323), Markgraf von Meißen

Dietrich III. (Diezmann) (* 1260, † 1307), Markgraf von Meißen

Günther I. von Schwalenberg, von 1277 bis 1278 Erzbischof von Magdeburg

Bernhard III. von Wölpe (* um 1230–40, † 1310), von 1279 bis 1282 Erzbischof von Magdeburg

Friedrich II. (* 1194, † 1250), deutsch-römischer Kaiser

Peter III. von Aragón (* 1240, † 1285), König von Sizilien

Manfred (* 1231, † 1266), König von Sizilien

Johann von Buch, Rat Ottos IV.

Giovanni da Procida (* 1210, † 1298), Arzt und Gesandter

Teodorico Borgognoni (* um 1205, † 1298), Mönch, Bischof von Cervia, Arzt und Chirurg

Mechthild von Magdeburg (* um 1207, † 1282), bedeutende Mystikerin

Margaretha von Staufen (*1237, †1270), erste Ehefrau Albrechts II. des Entarteten
Kunigunde von Eisenberg, genannt Kunne (* um 1245, †1286), zweite Ehefrau Albrechts II.

Fiktives Personal

Im Umkreis von Giovanni da Cacciola
Barnabas von Brokstedt, enger Freund

Im Umfeld von Otto IV. und Johann II.
Thomo von Gore, Ritter
Lux von Güssen, Ritter
Ludwig von Langeleben, Truchsess
Hartmann von Carpin, Ritter

Im Umfeld des Erzbischofs von Magdeburg
Bartholomäus von Brokstedt, Domherr und Vater von Barnabas von Brokstedt
Ännlin, seine Frau
Hanncz, Pferdeknecht

In Berlin und Cölln
Conrad Bettkober, Ratsherr

Duretta, seine Frau
Berblin, seine Tochter
Welper, Tuchmacher
Eukarius von Kraatz, Vogt

Sonstige
Steffan von Hartha, Wettiner Ritter

Horst Bosetzkys Mittelalter-Romane

Im Feindeslager. Anno 1157

Im Kloster. Anno 1190

Im Lotterbett. Anno 1245

Im Operationssaal. Anno 1280

Weitere Titel sind in Vorbereitung